そんな訳で、もし今ここで当時の同級生に話しかけられたとしても覚えている自信は全くない。

まあそんなことは早々ないだろうが。

――早々ないはずだった。

「えっと…………ヴァイスくんだよね？　久しぶり、帰ってきてたんだ」

前の席に座っていた、見るからに裕福そうな親子の母親が、振り返るなり嬉《うれ》しそうな表情で俺に微笑《ほほえ》みかけてくる。その顔に、勿論《もちろん》俺は見覚えがないのだった。

「あー…………」

突然の試練襲来に戸惑いながらも、素目の前の女性の特徴をインプットしていく。

髪は長い金髪ストレート。青色の目はい。肌も綺麗《きれい》で、見た目はかなり整っているし華がある。種族は人間。宝石があは髪飾りや彼女が身に纏《まと》っている上等そうな青いドレスを見るに金持ちに違いないるに恐らくは同級生、あるいは同学年と推測される。

この情報から導き出される結論は――

…………

……

「ヴァイスくん？」

「――――メディチ。顔を合わせるのは先月のパーティ以来か」

当然覚えているはずもない俺を見かねてかジークリンデが横から声を掛けた。メディチと呼ばれた女性はフッと瞬間的に笑みを消すと、目を細めて刃物のような冷たい視線をジークリンデに向けた。

「…………ジークリンデ長官補佐。最近は益々《ますます》ご活躍のようで、同級生として鼻が高いですわ」

「日々与えられた業務をこなしているだけだ。私など大したことはない」

ジークリンデは氷のような声色と鋭い視線を真正面から受け止めると、俺に視線を向ける。

「ヴァイス、覚えていないか？　メディチ・フローレンシア…………クラスでは中心人物だっただろう。お前とも仲が良かったと記憶しているが」

――――メディチ・フローレンシア。

その響きに引っ張られるように学生時代の思い出が脳内を流れていく。朧《おぼろ》げに浮かぶ教室のイメージの中で、今より少し髪が短かった彼女は確かにクラスの中心に存在していた。

これといって彼女とのエピソードは思い浮かばないが、流石《さすが》に数年間同じクラスで勉学に励んだ仲間を完全に記憶から消去したりはしない。

「――――久しぶりじゃねえか。相変わらず綺麗だな」

学生時代の残り香が俺の口調を砕けさせる。メディチはジークリンデから視線を外すと、華のような笑顔を俺に向けた。

「ヴァイスくんも、相変わらずかっこいいままでなんか安心しちゃった。…………十年振りに会った私としては、ちょっと事情を聞いてみたいんだけど」

椅子に座りながら半身になってこちらを振り返っているメディチが、すらっと伸びた脚を組み替えながらジークリンデとリリィに視線を向ける。ジークリンデにはさっきの冷たい視線を、リリィには探るような暗い視線を。

「ヴァイスくんとジークリンデさん…………結婚してたの？　それに…………エルフよね、その子。ヴァイスくんは帝都にいなかったと思うんだけど、一体どういう事情？」

矢継ぎ早に繰り出されるメディチの疑問に、俺はすぐに返答することが出来ない。

…………ジークリンデが色恋沙汰に現《うつつ》を抜かすような女ではないことは共に学生時代を過ごしたメディチには自明なはずで、だからこそジークリンデがこの場にいることに驚いているんだろう。

事実、ジークリンデがリリィの母親になりたがっている理由はリリィが希少なハイエルフだからに他ならず、けれどそれを伝えることは絶対に出来ないのだった。帝都ではリリィは先天的に見た目に異常があるエルフということになっている。

となれば、残された手は――――

「――――実はな、学生の頃からジークリンデが好きだったんだ」

「なッ――――!?」

俺の言葉に、何故《なぜ》かメディチではなくジークリンデが驚愕《きょうがく》の表情を浮かべた。大きく見開かれた目がピクピクと動いている。

…………何を変な顔をしてる、お前も話を合わせてくれないと困るんだが。

「俺はこの前帝都に帰ってきたばかりなんだが、久しぶりにジークリンデと再会して気持ちが抑えられなくなっちまってな。何とか頼み込んで、今はこうなってる訳だ」

手でリリィとジークリンデを示すと、メディチは信じられないと言いたげに口をへの字に歪《ゆが》めた。

何度も俺とジークリンデを見返し、呟《つぶや》く。

「嘘《うそ》でしょ…………？」

気持ちは分かる。学生時代の俺達を知っていれば絶対に信じられないよな。

だが信じて貰わないと困るんだ。下手に疑われて、そこからリリィの秘密がバレないとも限らない。

「本当だよな、ジークリンデ？」

「う…………」

メディチにバレないように、ジークリンデに目線でプレッシャーをかける。

「話を合わせろ」とウィンクすると、ジークリンデは顔を真っ赤にしてコクコクと頷《うなず》いた。

「そ、そうだ…………！　ヴァイスは、わたっ……私のことが…………す、すすす…………」

「…………す？」

メディチの懐疑的な視線がジークリンデを射抜く。ジークリンデを知るメディチからすれば、ジークリンデの口から色恋の話が出ること自体が信じられないんだろう。

「ヴァイスは……私のことが……す……好きなんだ…………！」

式前にはあまりに不釣り合いな、デカすぎるジークリンデの叫びが講堂中に響き渡る。さっきまでの喧騒《けんそう》が嘘のように周囲は静寂に包まれ、俺達は（正確に言えばジークリンデは）多くの注目を浴びていた。

「………」

「………」

「………う」

俺とメディチの責めるような視線に気が付いたのか、ジークリンデは気まずそうに下を向く。

「………すまん」

普段の堂々とした佇《たたず》まいはどこへやら。きゅう……と小さくなるジークリンデはなかなか見られるものではないので、脳裏に焼き付けておくことにしよう。

「ぱぱ」

一瞬の静寂も解け、再び周囲に喧騒が戻り始めた頃。リリィが不思議そうに首を傾《かし》げながら声を掛けてきた。

「ぱぱ、ままのこと、すき？」

――――注目こそ解けたものの、周りの人間が俺達の会話に耳をそばだてていることは気配で摑《つか》んでいる。

魔法省高官のジークリンデにまつわることはどうしたって世間の注目の的であり、恐らく堅物に見えていたであろうジークリンデが実は結婚していて、子供までいるとなれば（と言っても種族的に実の娘ではないことは分かるだろうが）、事情を知りたくなるのが人のサガというものか。

ここにいるのは全員が同学年の親と生徒であり、つまりリリィと長い間関係していく奴らだ。リリィにマイナスになるようなイメージを持たれるのは絶対に避けなければならない。

――――となれば、ここでの答えは一つしかない。

「勿論大好きだぞ？　なんたって、ぱぱとままは夫婦だからな」

「〰〰〰っ」

俺の答えに、何故かリリィは興奮し椅子の上で跳ね出した。予想していなかった反応に呆気《あっけ》に取《と》られる俺の横ではジークリンデが、

「…………きゅう」

と小さく鳴いていた。お前はいつからくまたんになったんだ。

メディチはそんな俺達を微妙な視線で眺めていたが、やがて小さく息を吐いて肩をすくめた。

「はいはい、ごちそうさま。ヴァイスくんとジークリンデ長官補佐の関係はよーく分かったわ。まさかこんなことになるとは思っていなかったけど、同学年の子を持つ親としてこれからよろしくね」

そう言って前を向くメディチに「こっちこそよろしくな」と声を掛けながら、俺はメディチの隣に座っている子供に目を向ける。

「…………」

俺達が話している間も行儀よく前を向いていたその女の子が着ているローブは――――どう見てもエンジェルベアの素材で作られていた。

「…………ジークリンデ」

俺の呼びかけに、下を向いて真っ赤になっていたジークリンデが恐る恐るこちらを見る。俺が顎でエンジェルベアのローブを示すと、ジークリンデは慌てて真剣な顔つきに戻り、小さく頷いた。

……ジークリンデの話では、魔法省は相当無茶を言われてローブ作製を請け負っていた。個人的にメディチに悪い感情はないが、そんなことが可能な家柄は厄介でしかない。リリィと同じクラスにならなければいいんだがな。

――何故か世界は嫌な予感に限ってよく当たるように出来ていて。だからメディチが教室にいるのを認めた時もそこまでの落胆はなかった。

「まさか同じクラスなんてね。改めてこれからよろしくね、ヴァイスくん？」

「…………ああ」

不敵に笑うメディチの視線を頻に感じながら、教室の前方で着席しているリリィに目を向ける。

周りの生徒も年相応の忙《せわ》しなさを見せているが、リリィは輪をかけて落ち着きがなく常にきょろきょろと周囲を見渡していた。

頼むから落ち着いてくれ…………と心の中で祈っていると、俺の心の声が聞こえたのかリリィはこちらを振り向いた。

「ぱぱー！」

ぶんぶんと俺に手を振るリリィ。俺が小さく手を振り返すと、満足したような表情で周囲きょろきょろの任務に戻っていく。どうやら俺の祈りは全く届いていなかったらしい。

「可愛《かわい》らしい子ねえ」

「珍しい髪色のエルフね」

「あの子、ジークリンデさんのお子さんじゃない？」

リリィの行動に周囲の親達がひそひそと話し出す。噂話の中心にいるというのは存外居心地が悪いもので、ジークリンデは隅っこの方で虚空を見つめる石像のようになっていた。一刻も早くこの場から抜け出したそうだ。

講堂での入学式も無事に終わったし、あとは教室で先生との顔合わせが済み次第、任意参加の食事会があるだけ。慣れないことをして疲れているだろうし、さっさと終わって欲しいというのがアイツの本音だろう。

……………そういえば、食事会といえばカヤはどうなったんだろうか。自然な流れで校門に置いてきてしまったが無事に魔法省関係者だと認められただろうか。ジークリンデがここにいる以上カヤの言葉に力があるとも思えないが、不審者として魔法省に連行されていた場合は俺かジークリンデが引き取りに行かなければならない。

「面倒なことにならなければいいんだがな………」

俺はカヤの無事を祈った。今度の祈りは届いてくれるといいが。

◆

帝都の誇るナスターシャ魔法学校は最長で十二年在籍することになる。

その内訳は下級生六年、中級生三年、上級生三年となっていて、基本的にはその節目節目で担任の先生が替わるのだが、勿論上級生を担当する先生が一番技量を求められる。

因《ちな》みに俺やジークリンデ、メディチのクラスの上級生の時の担任はエスメラルダ先生だった。エスメラルダ先生は色々と過激な逸話が多く他のクラスの奴からはハズレ扱いされていたが、実際は俺達のクラスが最も優秀だったからな。教職を辞めたのは魔法学校にとって大きな損失と言っていいだろう。

そんな訳で下級生を担当する先生はその殆どが魔法省に入ったばかりの新米先生だったりするのだが――――だからだろう、教室に入ってきたローブ姿の人物に教室は大きくどよめいた。

「え、あれエスメラルダ先生よね…………!?　どうして…………？　というか、見た目変わらなすぎじゃない!?」

「分からん。魔法学校を離れたと聞いていたが」

正確にはもう一介のローブ職人に過ぎないので先生ではないのだが、とにかく、まさかの人物の登場にメディチが声をあげる。ジークリンデも隅っこの方で驚愕の表情を浮かべていた。魔法学校の人員を把握しているはずのジークリンデがあの様子ということは…………エスメラルダ先生、何かやったのか？

エスメラルダ先生はゆっくりした足取りで教壇に立つと、ぐるりと教室を見渡した。彫りの深い瞳は年老いても猛禽《もうきん》のような威圧感を備えていて、ざわついていた教室が一瞬で静寂に包まれる。言うことを聞かない盛りの子供達すら一睨《にら》みで黙らせてしまうとは、意外と下級生担任の適性があるのかもしれない。

「………」

エスメラルダ先生の鋭い視線が保護者達を射抜いていく一瞬、目が合った気がしたのは果たして気のせいか。それについて考える前に——教室の前方、子供達が座っている辺りから静寂を破る声が響いた。

「あっ、ろーぶのおばちゃん！」

残念ながらその声には聞き覚えがあった。何故ならこの静まり返った教室で一人、元気よくエスメラルダ先生に手を振っているエルフの少女は俺の娘リリィ・フレンベルグだったから。

「リリィ、静かにしろ、リリィ………！」

小声で注意するも、当然リリィの耳に届く訳がなく。リリィは結局エスメラルダ先生に微笑み返されるまで手を振り続けていた。

………学校生活が不安で仕方がない。他の生徒や先生に迷惑をかける前に、静かにする特訓をしなければならないな、これは………

「——さて」

エスメラルダ先生が口を開く。学生時代に戻ったような、不思議な感覚が俺を包んだ。

「私が担任のエスメラルダ・イーゼンバーンだよ。ヒッヒッ、保護者の中には何人か見知った顔があるねえ。まさかお前達がもう親だなんて……………時が経《た》つのは早いもんだよ全く」

言って、エスメラルダ先生は心底愉快そうに口の端を吊《つ》り上《あ》げた。

◆

家に帰ってきた時には、既に空は赤色から深い黒色に移り変わろうとしていた。

「私も初耳だったんだ。私が確認した時には別の名前が記載されていたはずだが…………」

「ま、先生が何かやったんだろうな。エスメラルダ・イーゼンバーンって名前は帝都じゃ絶大な力を持ってる。自分を無理やり担任にねじ込むなんて朝飯前のはずだ」

今日一日母親役を務めたジークリンデは自然な流れで俺の家まで付いてきた。はしゃぎ疲れて寝てしまったリリィをベッドに休ませリビングに戻ってくると、ジークリンデは薄《う》っすらと疲労を顔に滲《にじ》ませてソファに深く腰を下ろした。

「ねえ、いいからご飯食べさせなさいよ！　アンタたちのせいで私は不審者扱いされたんだからね！」

そのすぐ傍《そば》ではカヤが地団駄を踏んでいる。結局カヤは食事会に参加出来なかったようで、魔法学校の門兵が捕らえていた所を俺達が帰りに回収したのだった。腹が減っているからか激烈に機嫌が悪そうだ。

「分かった分かった。用意してやるから座って待ってろ」

冷却庫から適当に食材を見繕い、カヤに振る舞ってやる。卵と肉を調理しただけの簡単なものではあったが、肉に振りかけたロレット特製ツマミ塩の効果もあってかカヤは目の色を変えてがっつき始めた。その様子はまるで何日もまともな物を食べていない遭難者のようだったが…………そういえばコイツ、俺が支払ったくまたんお世話代十万ゼニーをもう使い切ったとか言ってたか。

田舎から帝都にやってきた典型的なお上りさんのようで笑ってしまいそうになるが、果たしてコイツはこれからどうやって生活していくつもりなんだろうか。俺には関係ないことだが、リリィが懐いている以上その辺で野垂れ死なれても困る。あとでジークリンデに話しておくとするか。

…………ジークリンデといえば。

「…………そうだ。ジークリンデ――あの酒、飲んでみないか？」

「あの酒…………？」

「お前の父親が作ってるあの酒だよ。一本うちに残ってるんだ」

帝都有数の名家フロイド家の家長が秘密裏に作っている、幻の酒。リリィの杖《つえ》を手に入れる為《ため》譲り受けた二本のうちの一本が、うちの冷却庫に眠っている。

「丁度、お前とも飲みたかったしな。グラス用意するから待ってろ」

「あ、ああ…………」

「わらひも！　わらしも飲むからね！」

「はいはい」

冷却庫から酒を、棚からツマミ塩とグラスを取って戻ってくると…………緊張した面持ちのジークリンデがじっとこちらを見つめていた。

…………何を気張ってるんだ、コイツは。

帝都を表と裏から牛耳るフロイド家。

そのフロイド家が秘密裏に作っている幻の酒――――その味はいかに。

「…………見た目は普通だな」

「あまり期待しないでくれよ、ただ市場に出回っていないというだけだからな」

「ねえ、これってもしかしてとっても高いお酒なの？」

俺達はグラスに注いだ幻の酒を前にして、妙な緊張に包まれていた。フロイド印の幻の酒は異様なほど透明で、パッと見では水のようにしか見えない。けれどグラスから立ち上る芳醇《ほうじゅん》なフルーツの香りは、自らが幻の酒なのだと強烈に主張してくる。小さなグラスから湧き出る香りは既にリビングを支配していた。思えば、あの野ざらしでホコリだらけのロメロの家ですらフルーツの香りを感じたような気がする。

「飲んでみるか…………」

俺の言葉を皮切りに、俺達は軽くグラスをぶつけ幻の酒に口をつけた。

「――――ッ!?」

口の中に広がるのは、グラスから香っていた匂いを更に凝縮させたような濃厚なフルーツの甘み。

だが甘い一辺倒という訳ではなく、嚥下《えんか》すると喉の奥に爽やかな酸味を残していく。果実屋の店先に立っているような錯覚すら覚えるほどの多種のフルーツの面影に、思わず目を見開く。ジークリンデもカヤも同じような反応を見せていた。

「何これ!? 美味《おい》しすぎない!?」

「これは………ああ。飲みやすいな………」

ジークリンデはゆら、とグラスを僅かに揺らし、カヤは早くも空になったグラスに二杯目を注いでいる。ラベルがないから分からないが、この酒は結構強そうだ。そんなペースで飲んで大丈夫なのか。

「どうやって作ってるんだ、これ」

驚くべきは、酒の苦みを上手《うま》くフルーツの陰に隠している所だ。その結果としてフルーツジュースのようなのにしっかりと酒っぽさも感じるという素晴らしいバランスに仕上がっている。

ジークリンデの父親はツマミ塩を欲しがっているし、これをロレットに飲ませてやれば奴もこの酒を店に置きたがるに違いない。その契約を仲介するついでに手数料で数本頂けば、安定してこの酒を手に入れることが出来そうだな。

「うう………気持ち悪い………」

恐らく多数の人間を使って製造しているこの酒と違い、完全手作業で作っているツマミ塩は数に限りがある。俺が頭の中でどうツマミ塩一瓶に対してのレートを吊り上げるか考えていると、苦しそうな声が耳朶《じだ》を打つ。見れば、三杯目を飲み干したカヤが眉間にシワを寄せてソファで酔い潰れていた。そもそも、コイツは酒を飲める年齢なのか？

「ったくコイツは…………」

肩を揺するが起きる気配はない。もう夜だし、泊めるしかないか…………。

「…………なあ。私は今日ちゃんと母親を出来ていただろうか」

「ん？」

邪魔にならないようカヤをソファの隅っこに追いやっていると、ずっと静かだったジークリンデが口を開く。

「お前から見て、今日の私はどうだっただろうか。迷惑をかけてはいなかったか？」

ジークリンデは不安そうな瞳を俺に向ける。妙に静かだと思ったらそんなことを気にしてたのか？

「迷惑な訳ないだろ。寧《むし》ろ感謝してる。リリィも楽しそうにしてたしな」

「…………そうか」

ジークリンデの隣に座りグラスを呷《あお》ると、俺の言葉にジークリンデはホッとした表情を浮かべた。

コイツはいつでも物事を心配しすぎる。勢いだけで行動する俺と足して二で割ればいい感じになりそうなんだけどな。

「…………」

昔より大人びたジークリンデの横顔を眺め思い出に耽《ふけ》りつつグラスを傾けていると、ジークリンデは一向に目を合わせてこようとせず、不自然なほど正面を見つめ続けていた。そっちにはドアがあるだけで特に見ていて面白い物などないはずだが…………。

不審に思い観察を続けていると、ジークリンデは次第に顔を赤く染め、半分以上残ったグラスの中身を一気に飲み干した。おい、そんなに飲んだらカヤの二の舞になるぞ。

「…………はあ、はあ…………ヴァイス、お前一体どういうつもりなんだ…………？」

「？　何がだ」

ジークリンデは顔を真っ赤にしてこっちを睨みつけてくるが、その瞳には何故か涙が滲んでいた。やっと目が合ったな。

「そんな…………じっと見られていたら…………緊張するだろうが！」

バン、と思い切りテーブルを叩《たた》くジークリンデ。その音に反応してカヤがうぅんと苦しそうに呻《うめ》いた。ジークリンデは幻の酒をグラスに勢いよく注ぐと、そのまま飲み干す。みるみるうちに酒はジークリンデの中に飲み込まれていき、フルーツの強い香りが俺まで届く。

「お、おい…………大丈夫か？」

「これが大丈夫な訳あるか！　ああ――――もういい！　あのなヴァイス、私はお前にずっっっっっっと昔から言いたいことがあったんだ！」

まるで親の仇《かたき》かというくらいの形相で睨みつけてくるジークリンデに、少し背筋が寒くなる。ジークリンデには昔から迷惑をかけ続けてきた。溜《た》め込んでいた恨み言は数え切れないだろう。一体俺は何を言われるんだ…………？

「酒が足りん！」

ジークリンデは瓶を乱暴に掴むと、直接口をつけて飲み始めた。僅かに残っていた幻の酒がジークリンデの体内に取り込まれる。事が終わると、そこには恐ろしいほどに目の据わったジークリンデがいた。あまりの迫力に、俺は蛇に睨まれた蛙《かえる》のように動くことが出来ない。

「ふぅー…………！　ふぅー…………！　い、言うぞ…………！」

「あ、ああ…………」

まさかジークリンデがこんなに酒癖が悪かったとは。それとも、こうさせてしまうくらい俺に不満があったのか。何だかんだコイツとは上手くやっていると思っていたんだが、それは俺の勝手な考えだったのかもしれない。何にせよこの様子では酷《ひど》いお叱りを受けるのは間違いない。俺は首をすぼめ身を固くしてその時を待った。

「ヴァ、ヴァイス…………私は…………私は、お前がな…………」

――――ずっと前から嫌いだったんだ。

「…………？」

「…………ぐう」

降ってきた言葉はどうやら俺の想像だったようで、目を開けてみるとジークリンデはテーブルに突っ伏して寝息を立てていた。あれだけ一気に酒を飲んだらそりゃそうなるよな。

「…………散々な入学式だな」

言葉とは裏腹に、不思議なことにこんな日常を楽しいと感じている自分がいた。カヤとジークリンデに毛布をかけてやり、テーブルの上を片付けると、俺は寝室に引き上げた。

第一章　リリィ、光の魔法使いになる

My daughter was an unsold slave elf.

「おい、起きろ。出てけ」

「うーん………」

「くっ、頭が………」

朝。

酔い潰れていたカヤとジークリンデを叩き起こし、家からつまみ出す。二人は呻きながらも覚束《おぼつか》ない足取りでそれぞれ別方向へ帰っていった。

………ジークリンデは超高級住宅街へ、カヤは下町へ。それぞれの立場を象徴するような景色に感心しそうになるが、実際無職のカヤはいいとしてジークリンデは朝まで居て大丈夫だったんだろうか。魔法省長官補佐というポストは決して閑職ではないはずだが。

「むにゃり………」

アイツの朝の職務が穏やかであることを精々祈りつつ朝飯の準備をしていると、パジャマ姿のリリィがのそのそとリビングに現れた。俺達が遅くまでうるさくしていたからか眠そうだ。

「おはよう、リリィ」

「おはよーぱぱ…………」

一年前ホロに用意して貰ったパジャマはまだまだ身体《からだ》にぴったりだが、そのうち小さくて入らなくなるだろう。そんな未来が楽しみに思えた。なんたって今日はリリィの初授業日だからだ。リリィの明るい未来に向けて、全てが繋がっている。

「とりあえず顔洗ってこい。もうすぐご飯出来るからな」

「うん…………」

リリィは半分夢の中を旅しながら洗面所に消えていった。初授業日とは思えないくらいテンションが低いが、目が覚めたらはしゃぎだすはずだ。魔法学校に通うのを誰よりも楽しみにしていたのはアイツだからな。

「とぉ――――!!!」

ほらな、言った通りだ。

「ぱぱ！　がっこーだよ！」

「楽しみか？」

「うん！」

脚に纏わりついてくるリリィにぶつからないよう、注意しながら朝飯をテーブルに運ぶ。

「りりーもはこぶー♪」

リリィがぴょんぴょん飛び跳ねて手を伸ばしてくるので、パンが入った籠を渡してやる。リリィは籠を受け取るなり顔を突っ込んで鼻を鳴らし始めた。

「いいにおい〜♪」

「リリィ、冷めるぞー？」

テーブルから呼びかけると、急いでリリィがやってくる。今日の朝飯はパンとベーコンエッグだ。リリィから籠を受け取り、パンの上にベーコンエッグを載せたら完成だが、勿論レタスも載せてやる。野菜も食べないと元気な子には育たないからな。

「ぱぱ、りりーやさいいらないよ」

「ダメだ。野菜も食べないと立派な魔法使いになれないぞ」

「ぶー…………」

「ほれ、食べたら立派な魔法使いになれるパンだ」

レタスを二枚に増量してやると、リリィは物凄《ものすご》く嫌そうな顔をした。

リリィを引き取ったばかりの頃は無言で野菜も食べてたんだが、元気になるにつれて嫌がり始めた。まあ好き嫌いがあるのは良《い》いことだ。だからと言って甘やかしたりもしないが。俺は親バカではないからな。

「よし。じゃあ頂きます」

「いただきまーす…………」

レタスなど気にせず口に放り込みながらリリィを観察する。リリィは最初こそレタスを口に入れないよう器用に避けながら食べていたが、やがて観念したのかぎゅっと目を閉じながらレタスも食べ始めた。

野菜食べられて偉いぞ、リリィ。

「いってきまーす！」

「ああ、いってらっしゃい」

元気よく歩き出すリリィの背中を見送り、俺は家に戻――る訳もなく、勿論後を追う。

本人からすれば冒険のつもりらしく、頑《かたく》なに一人で歩いていくと譲らなかったリリィだが、そもそも学校への道を覚えているかも怪しい。というか絶対に覚えていない。俺が後ろからサポートしなければ、学校に辿《たど》り着《つ》くことは絶対に不可能だろう。

そもそも下級生一年目の間は基本的に親が送り迎えすることが推奨されているしな。リリィがハイエルフだということを度外視しても、一人で行かせるのは論外と言える。

「久しぶりにやるか」

――透明化。及び、あらゆる気配の遮断。

それは俺が習得している数多くの魔法の中でも最高ランクの習得難易度を誇るS級魔法。

勿論学校で習うようなものではなく、一定以上の実力を持つ者しか入ることの出来ない魔法省の特別書物庫に収められている上級魔法書にのみ、その情報が記されている。会得した時点で他国への間諜《かんちょう》として魔法省上級職員のポストが約束されるような代物だ。

「…………もののついでだ、先生が鈍《なま》ってないか確かめてやる」

透明化を見破るのは一流の魔法使いでないと難しい。人間の発する気配ではなく、体表に流れる極々微弱な魔力の流れを感知する必要があるからだ。

だが、エスメラルダ先生がまだ現役だというならば俺の透明化にも気が付けるはず。教室に乗り込んでその辺りを確かめてみるのも面白いだろう。ついでにリリィの様子も確認出来るしな。ちゃんと他の子達と仲良く出来るのか、不安にならないと言えば嘘になる。

俺は一年振りに透明化の魔法を使い、小さくなるリリィの背中を追った。

………………思い返せば、前回この魔法を使ったのはゼニスに住む人身売買の元締めをしていた薄汚い貴族を皆殺しにした時だった。奴らを殺したお陰でリリィは地下から解放されゲスの手に渡り、結果的に俺の娘になった。

それがまさか一年後、母校の教室に忍び込む為に使うことになるんだから人生は何があるか分からない。

◆

リリィの初登校は確かに冒険だった。

「〜〜♪」

拾った木の枝を楽しそうに振りながら舗装された広い道を歩く姿は、さながら大剣で魔物を薙《な》ぎ払《はら》う戦士そのもの。今だけは帝都の高級住宅街が魔物の潜む廃都に見えてくる。リリィには魔法使いだけではなく戦士の才能もあるのかもしれない――――そう思わせられる木の枝捌《さば》きだ。

「んー…………？」

しかし、それはそれとして、分かれ道に直面する度に首を傾げ右往左往する姿は年相応の子供でしかなく、その都度リリィは近くを通りかかった人に「がっこーどっちですか」と聞いて回るから俺は肝を冷やした。知らない人の言うことを聞いちゃダメだと怒るべきなのか、ちゃんと敬語が使えて偉いと褒めるべきなのか。

とりあえずここまでリリィを導いてくれた道中の人間には心の中で礼を言っておく。

「ごめんください、がっこーどっちですか」

「あら〜可愛いわねえ！　新入生かしら！　パパかママは一緒じゃないの？」

「りりー、ぼーけんちゅーです」

「冒険!?　偉いのねえ！　学校はあっちよ、気を付けてね」

リリィの勇気と行動力、それと近隣の住人の親切心のお陰で無事にリリィは学校の近くまで辿り着いていた。学校に続く道まで出たので歩く生徒の数が急に増える。あとはこの集団に付いていくだけで学校に辿り着けそうだが、リリィもそれを察したのか、少しホッとした様子でその中に加わった。木の枝はいつ捨てるつもりなんだろうか。

俺はスピードを上げリリィの隣に並ぶ。

見回せば俺達のように親子で登校している奴らもちらほらといて（と言ってもリリィは一人にしか見えないだろうが）その殆どは新入生だ。やはり親と離れるのが不安なのか、寂しそうな様子の子供が多い。それに比べてうちのリリィは木の枝片手に楽しそうにしている。良くも悪くもゼニス育ちという所か。

「ふんふーん♪」

リリィは勿論俺に気が付く様子もなく、楽しそうに歩を進めている。今リリィの頭の中にあるのは学校生活への希望だけで、きっと俺のことなど全く頭にないんだろう。だがしかし、それが悲しいかと聞かれたら全くそうは思わない。俺もそういう子供だったからだ。

「…………ぱぱ？」

「!?」

不意にリリィと目が合い俺は飛び跳ねそうになる。リリィは立ち止まり、目をごしごしと擦《こす》って俺の方を見る。

…………見えているはずがない。透明化の魔法は、まだまともに魔法が使えない下級生に見破られるような代物ではないんだ。そうでなければ他国への間諜という危険な任務に用いられるはずがない。

「きのせい…………？」

やはり、見えていない。一瞬ヒヤリとしたが大丈夫そうだ。何もいないことを確かめる為に放たれたリリィの木の枝攻撃をジャンプで躱《かわ》すと、リリィは俺から視線を外し歩き始めた。

「…………」

…………どうしてリリィに気取られたんだろうか。俺の透明化に綻びがあったとは思えない。今の所、道中で誰かと目が合った認識はないしな。

考えられるのは、ハイエルフ特有の魔力認識能力か何かが一瞬だけ俺の魔力を捉えたということだ。それならば寧ろ誇らしい。リリィは立派な魔法使いになる才能を持っているということだからな。

考え事をしているうちに校門に辿り着く。リリィは門をくぐろうとせず、傍に立っている門兵の前まで歩いていく。

「おじゃまします」

……………この場合、お邪魔しますは言わなくていいんだぞ。リリィを学校に通わせるにあたり、マナーを一気に詰め込みすぎたのかもしれないな。色々とごっちゃになってしまっているようだ。

「おはよー。かっこいい枝だね」

「けんだよ！」

リリィに気が付いた門兵が挨拶を返す。剣を褒められたリリィは誇らしそうにそれを掲げ、門兵に示した。門兵はリリィの目線まで腰を落とすと、両手を上げ驚いたようなポーズを取る。

「剣だったのか。もしかするとそれは伝説の剣か何かなのかい？」

「んー…………わかんない」

「そうか。しかしそんなにかっこいいんだ。何か有名な剣かもしれないね」

「ほんと!?」

「多分ね。だから、誰かを斬っちゃいけないよ？　大切にするんだ」

「わかった」

リリィは深く頷き、じろじろと枝を眺めながら門をくぐる。

保護者が入れるのは基本的にここまでだが、俺は門兵に止められることなく無事に学校に入ることが出来た。やはり俺の透明化は正常に働いている。少しでも俺に気が付いたリリィの潜在能力は計り知れないな。

そして、にわかに楽しみになってくるのはエスメラルダ先生の反応。俺に気が付くようなら安心してリリィを任せられる。

「新入生の皆さんはこっちでーす」

誘導の先生に従い、俺とリリィは教室まで辿り着いた。

教室にはもう殆どの生徒が揃《そろ》っていたが、ぽつぽつと話し声がするだけで基本的には静か。流石にまだ友達グループのようなものは形成されていないらしい。親と離れる不安もあるだろうしな。

「えっと…………」

リリィは悩んだ末に木の枝を教室の隅っこに立て掛け、自分の席に座った。水色の髪のリリィはやはり目立つのか、生徒達の――特に男子からの視線を集めていた。

「…………」

俺は教室の後ろに陣取りリリィの様子を窺う。リリィのすぐ隣の席に、エンジェルベアの毛皮で出来たローブを身に纏ったあの子がいることだけが気になった。

◇

なんだい、ありゃ…………私ゃ耄碌《もうろく》しちまったのかねえ…………？

下級生の担任になったつもりだったんだが、どうもそれにしちゃ大きな子供が交ざってる気がするんだがねえ…………？

「おはよう。改めて、今日からお前達の担任のエスメラルダ・イーゼンバーンだよ。若い力に負けないよう精々頑張るつもりさね。よろしく頼むよ…………ヒッヒッヒッ」

「「せんせーおはよーございます！」」

おはようの大合唱…………懐かしいねえ、この感覚は。先生に戻ったって感じがするよ。下級生を担当するのはもう何十年振りか分からないけど、これはこれで良いものだね。

…………上級生になると、どうも大人振って元気がなくなるからねえ。丁度今、後ろの方で偉そうに腕を組んでるあいつみたいにね。

本当、一体何のつもりなんだいあいつは。透明化の魔法まで使ってさ。この私を前にバレないとでも思ったかい。

「それじゃあ…………まずは元気に自己紹介でもして貰おうかねえ。この歳《とし》になると名前を覚えるのも一苦労でね、済まないけどよろしく頼むよ」

昔から名前を覚えるのは苦手でねえ…………全員の名前を覚える前に一年過ぎたこともあったたっ

けね。今回はすんなり覚えられるといいんだがね。

「――すきなたべものは――」

「……しゅみは……」

「――よろしくおねがいします！」

……うーん……マズいねえ、全然覚えられないよ。どの子がお菓子が好きでどの子が火魔法が得意なんだっけね？

そういえば、腕組みして頷きながら子供達の自己紹介を聞いてるあいつの代は粒揃《つぶぞろ》いで覚えやすかったねえ。あいつといいジークリンデといい。メディチも名家の出身だったしね……あいつらがもう親なんだ、時が経つのは早いよ。まあメディチはともかく、あいつとジークリンデは何やら訳アリみたいだけれどね。

ジークリンデがあいつに恋をしてるのは当時誰の目にも明らかだったけど、唯一あいつにだけは伝わってないみたいだったからね。私に言わせれば、今更くっつくなんて違和感が凄いんだよ。昨日の雰囲気を見る限り夫婦って感じでもなかったしねえ。ジークリンデが報われる日は果たして来るのかねえ……。

お、噂をすればあの子の番になったみたいだね。私が魔法学校に帰ってきた理由の子が。

「りりー……えっと……ふれ？　ふらん……りりーです！　すきなものはぱんけきとぱぱ！　しょーらいのゆめは、りっぱなまほーつかいになって、ぱぱをたすけてあげることです！」

リリィ・フレンベルグだよ。親から貰った立派な名前だ、大事にするといい。

「…………」

親は親で、何を泣きそうになってんだか。ヴァイス、お前そんなキャラだったかい？

「でだ。一体どういうつもりさね」

エスメラルダ先生による初授業という名の自己紹介を終えると、生徒達は魔力測定の為に別室に移動することになった。後ろを付いていこうとした所、俺は先生に呼び止められたのだった。

「流石に気付いてたか」

「当たり前だねえ、私を誰だと思ってんだか。それにしても、透明化に気配遮断なんて高等魔法持ち出してまで娘の様子が気になるとは随分親バカじゃないか」

「俺が親バカだと？」

透明化に気が付いたことは称賛に値するが、その分析は的外れだ。いくら魔法に優れていても人の心までは分からないらしいな。

「俺はただアンタが衰えてないか確認しに来ただけだ。心配はいらなかったようだがな」

「教え子に心配されるほど歳取った覚えはないよ。安心してあの子は私に任せときな」

「急に復帰した理由はそれか？」

「ちょっとばかり魔法学校にお願いをしただけさ。伝説のハイエルフ、新人教師には任せられないだろう？」

「まあアンタが先生で役者不足ということはないだろうな。それは俺が一番よく知ってる」

諸刃《もろは》の剣ではあるがな。何せ授業と称して近くの森を丸焼きにするような人だ。

「ビシバシ鍛えてやってくれ。アイツが自分のことを自分で守れるように」

失われし伝説の種族ハイエルフの生き残りであるリリィには、この先必ず困難が待ち受けているだろう。リリィが一人でも生きていけるように育てることは俺の目的でもある………いつまでも一緒にいられるとは限らないからな。

「任されたよ。まあお前とジークリンデの子なんだ、実技も学業も申し分なさそうだけどね」

「………この前も言ったが、血は繋がってないからな」

「分かってるさね。ヴァイス、それよりお前はジークリンデのことをもう少し見てやるんだね」

「ジークリンデ？　アイツがどうしたんだ？」

「夫が妻のことを気にするのは当然じゃないかい？」

「アイツはリリィについて調べる為に母親役をやってるだけで、別にそういう関係って訳じゃないんだがな………まあ分かった、考えておく」

見てやれ、ったってなあ………昔みたいに商業通りをぶらつくくらいしか出来ることなんてないんだよな。帝都は栄えてこそいるが、面白みで言えばゼニスに遠く及ばない。

まあ考えても仕方がない。今度、誘うだけ誘ってみるか。

「………用は済んだ。リリィのこと、よろしく頼む」

「魔力測定、観《み》ていかないのかい？」

踵《きびす》を返《かえ》す俺の背中を、先生の言葉が掴む。

「あの子にどういう適性があるのか気になるんじゃないかえ？」

「……………そこまで言うなら、見てやらんこともないが」

「ヒッヒッ…………ほら見ろ、やっぱり親バカじゃないか」

「娘のことが気にならない親なんていないと思うがな」

どうも勘違いされている気がしてならない。昔の俺を知ってるエスメラルダ先生なら、俺がそんなキャラじゃないことは分かると思うんだがな。

◆

『魔力測定』——それはナスターシャ魔法学校に入学した全ての子供が受ける初めての授業。自らがどのような魔法使いになるべきかを自覚する機会であり——人によっては夢が断たれる瞬間でもある。自らが持つ魔力の質、適性というものは、残念ながら自分で選ぶことは出来ず、例えば魔法省直属の医療部隊には治癒魔法に適性のある者しか入れないからだ。この学校を首席で卒業した俺でも、最年少で魔法省長官補佐に上り詰めたジークリンデでも、例外はない。

薄暗い室内の中央には重厚な台座が一つ鎮座し、その上には澄み切った水晶が置かれている。冷却用の魔石は設置されていないはずだが何故か少し肌寒く、その怪しげな雰囲気を感じ取ったのか、移動中は騒がしかった子供達も今は静かに水晶を取り囲んでいた。リリィも不安そうな顔つきできょろきょろと忙しなくしている。

エスメラルダ先生が水晶の後ろ――――子供でも台座に手が届くように設置された小さな踏み台の反対側だ――――に立ち、うっとりと目を細める。釣られるように子供達も水晶に注目している。

「綺麗だろう？　これは感魔水晶といってね、手を翳《かざ》すと自分の魔力がどういったものか分かる代物さ。何かを燃やすのが得意だとか、誰かを癒《いや》すのが得意だとかね。必ずしもその道に進む必要はないけれど、自分にどんな才能があるのかを知っておくことはとても大切だからね。精々参考にしてくれると嬉しいねえ」

言って、先生は水晶に手を翳す――――その瞬間、薄暗い室内は水晶から放たれるぼんやりとした黄緑の光で照らされ、子供達がざわめいた。

感魔水晶は与えられた魔力を増幅し、色と光り方で表現する。黄緑の光は、手を翳した者が雷と風の適性を備えていることを意味し、輪郭のないぼんやりとした光は範囲魔法に秀でていることを示している。重要なのは色の方で、光り方は一つの目安に過ぎない。

……………それにしても、先生は二元素適性持ちだったのか。流石と言うべきか、意外と言うべきか。実績を考えれば三元素適性持ちでもおかしくないと思っていたが。

火、水、雷、土、風。

殆どの魔法使いは、その五大元素どれかの適性を持つ。その他の元素としては治癒魔法などが属する『光』と、呪いなどが属する『闇』があるが、これらは特殊元素と呼ばれていて五大元素とは明確な違いが二つある。

一つ目は、五大魔法は適性がなくても使えるが、特殊魔法は適性がなければ全く使えないということだ。治癒魔法の適性がなければ魔法省の医療部隊に入れない理由はそこにある。

そして二つ目は、特殊元素の適性はそれのみでは現れないということだ。火の適性一つだけを持つ者はいるが、光の適性一つだけを持つ者はいない。光や闇の適性は『火・光』のように五大元素と複合して現れる。因みに光の適性はさほど珍しくないが、闇の適性を持つ者は極々稀《まれ》だ。俺は一人しか知らない。

殆どの魔法使いは五大元素のうち一つの適性を持つが、稀に二つの適性を持つ者がいる。約千人に一人と言われている二元素適性持ちは、有り体に言えば魔法使いのエリートだ。魔法使いとして名を上げている奴の殆どが二元素適性持ちだと言っていいだろう。そして、稀に三元素以上の適性を持っている奴もいるらしい。数万人に一人と言われていて、俺はてっきりエスメラルダ先生がそれだと思っていた。勘が外れてしまったが。

「見ての通り、私は『雷』と『風』の適性を持っている。二つ持っているのは結構珍しくてね、普通は一色に光るんだ。さあ皆、遠慮せずに手を翳してみるといい。一人ずつ、焦らず、ゆっくりとね」

先生の言葉に、子供達は水晶の前にバタバタと列を作る。リリィもワクワクした様子でその中程に並んでいた。リリィは他の子供達より少し背が低く埋もれがちだが、水色の髪は薄暗い室内でも目立つから見失うということがない。このクラスは人間以外の種族が少ないようだし余計にな。

「…………」

先頭に並んでいた活発そうな男の子が、ゆっくりと踏み台に上る。確か自己紹介ではターナーと名乗っていたか。ターナーは真剣な眼差《まなざ》しで水晶を見つめると、意を決したように手を翳した。

「————赤い光。君は火の魔法が得意みたいだねえ」

室内を照らす赤い光を見て、先生が告げる。告げられた男の子は大きく腕を上げて喜んだ。

「やった！　なんかカッコよさそう！」

「魔法はもう使えるのかい？」

「んーん。お母さんが先生におしえてもらいなさいって」

「そうかい。それじゃあ、これから楽しみだねえ」

「うん！」

男の子はぴょんと踏み台から飛び降りると、水晶の近くに移動した。恐らく他の人がどんな適性を持っているのか近くで見たいんだろう。

「次は私のばんね」

そうこうしているうちに、二番目に並んでいた女の子が堂々とした様子で踏み台に上った。身に纏ったエンジェルベアの毛皮のローブは権力とワガママの証《あかし》。頭の両側でくるくると巻いている髪の毛も勝ち気な性格を表しているようだ。確か名前はレイン・フローレンシア。ジークリンデのフロイド家には及ばないものの帝都で強大な権力を持つフローレンシア家の娘で、つまりは俺の元クラスメイト、メディチの娘でもある。

………………昨日も思ったが、まさか親子で同じクラスになるとはな。魔法省からの依頼でエンジェルベアの毛皮を採りに行った時は「依頼主の子供とリリィが同じクラスになりませんように」と祈ったものだが、元クラスメイトなら上手くやれるかもしれない。とりあえず一安心といった所か。

「私はどんなてきせいを持っているかしら」

レインが躊躇《ためら》いなく手を翳す。すると水晶は突き刺すような黄色い光を放ち、俺は眩《まぶ》しくてつい目を背けた。

あの光り方は先生とは逆で、集中魔法が得意なことを意味している。対人戦闘に長《た》けたタイプだ。

「これは雷の魔法がとくいってことかしら」

「当たりだよ。私と一緒だねえ」

「たくさん教えてくださいね、先生」

レインは優雅に踏み台から降り、同じように水晶の近くで足を止めた。やはり他の人が気になるらしい。

それからは色とりどりに染め上げられる室内を楽しみながら、時に目を逸《そ》らしながら新しい才能達を眺めていると、ついにリリィの順番がやってきた。娘の一大事を前にしてドクンと心臓が大きく跳ねる。先生も思わせぶりな視線をこちらに向けていた。

「んしょ、んしょ………ふう」

リリィが踏み台に上る。そして踏み台の上で一息つくと、むむむと水晶を睨みつけて思い切り手を後ろに振りかぶった。そんなに気合を入れなくても大丈夫だぞ。

「むずむず………たぁーっ！」

リリィが水晶に渾身《こんしん》の張り手をかます。

………頼む、俺と同じ色だけは――あの色だけは出ないでくれ。

夜が来た、と錯覚してしまうような一縷《いちる》の光もない暗闇に身構えずにいられたのは――心のどこかでこうなることを想像していたからかもしれない。

「どうしたの!?」

「わわっ、まっくら！」

「なにも見えないんだけど!?」

突然光が失われた室内はざわめく子供達の声でいっぱいになる。雑踏の中で驚いているリリィの声も聞こえてきた。

「…………」

見上げれば、先程まで室内をぼんやりと照らしていた天井の発光石は完全に役割を放棄し、俺達から視界を奪っていた。夜より暗い漆黒の闇が目の前に横たわり、鼻先すら見通せない。暗闇の中で子供達の騒ぎ声がどんどん大きくなっていく。

「…………いや」

正確にはその説明は間違っていた。

あの発光石は、役割を放棄していない。今も変わらず、自身に溜め込んだ魔力を光という形で放出し続けているはずだ。では何故俺達は暗闇の中にいるのか。

それは――

「わっ⁉」

――――大きな星が目の前に現れた。

そんな錯覚に陥ってしまうような強い光が俺達を襲う。光に慣れた目を凝らせば、リリィのすぐ傍で白く輝く水晶が室内を煌々《こうこう》と照らし出していた。あの白い光は『光』の適性があることを示している。本来は五大元素と一緒に現れるはずの色だ。

上に目を向ければ、天井の発光石はいつの間にかその輝きを取り戻していた。やはり壊れた訳ではない。

あの石の光は――――吸収されていたんだ。俺の時と同じように。

「…………白の光。お前さんは『光』の適性を持っているみたいだねぇ」

「ひかり？」

「ああ、そうだ。優しい魔法使いの色だよ」

「やさしー？　ぱぱたすけれる？」

「勿論さ」

「やった！　りりー、ひかりのまほーつかいになる！」

リリィは踏み台から降りると嬉しそうに飛び跳ねた。一瞬暗闇に包まれたことに一切触れなかった先生に不信感を抱く様子はなく、他の生徒もちょっとしたアクシデントだと思っているのか、騒ぎ立てる奴はいない。

「…………そういうことかよ」

俺が昔見たハイエルフの説明には『あらゆる魔法を行使出来た』と書かれていた。そして特殊元素は適性がなければ行使することが出来ない。全ての魔法を行使するには当然どちらの適性も必要であり、そう考えれば、この結果は必然だったのかもしれない。

――――リリィが『光』と『闇』の適性を持っていることは。

◆

「困ったことになったねえ…………何となく、そんな気はしていたけれどね」

「ああ。魔法書に記載されている説明が本当なら、そうでないとおかしいからな」

子供達が教室に帰った後、観測室に残った俺と先生は困り顔を突き合わせていた。リリィが持つ『闇』の適性について話し合う為だ。

「まあ、問題はないと思うがねえ…………闇の魔法を教えられる奴なんて学校に一人もいないんだから」

特殊元素である闇の魔法は適性がないと扱うことが出来ないが、そもそも闇の適性を持つ者など長い帝都の歴史でも殆どいないはず。となれば当然それを教える先生など存在するはずもない。もし闇の適性を持つ生徒が現れたとしても、実際に闇の魔法を覚えることは不可能なんだ。それは俺が一番よく知っている。

「…………そもそも、リリィは自分に闇の適性があると知らないだろうからな。誰かがわざわざ教えなければ気付くことはないさ」

「教えなければ…………ね」

先生の鋭い視線が俺を射抜く。

…………俺を呼び止めた理由はやはりこれだったか。

「…………ヴァイス。お前、闇の魔法をどこまで知っているんだい」

「何のことだ？」

「とぼけるんじゃあないよ。私くらいになるとね、見ただけで大体分かっちまうのさ。お前の魔力は酷く濁っている…………闇の魔法使いの特徴さね」

「…………見抜かれていたとは。全く、先生には敵《かな》わないな」

「おべんちゃらはよしな。いいかいヴァイス…………お前がどういう経緯で闇の魔法を覚えたのかはこの際聞かないけれどね、絶対にあの子に闇の魔法を教えるんじゃあないよ。闇の魔法使いが帝都でどう思われているか、知らない訳じゃないだろう」

「分かってる。俺はリリィに平和に暮らして欲しいだけだからな」

俺は踵を返す。

観測室から出る俺の背中を先生は止めなかった。だから、俺の嘘が見破られたかは分からず終《じま》いだった。

観測室から出ると、長い廊下は窓から差し込んだ日差しによって明るく照らされていて、ぽかぽかと温かい空気が俺を包む。暗闇に慣れた身体にはそれは少し刺激的で、俺は思わず目を閉じた。

陽だまりより暗夜が心地よい時もある。

「………平和に暮らす為には、力が必要なんだよ。『昼の次は夜が来る』くらい常識だ。

ゼニスで暮らす者にとって、それは『昼の次は夜が来る』くらい常識だ。

ハイエルフの生き残りであるリリィが平和に暮らす為には、強大な力が必要になる。だから俺はリリィを魔法学校に入学させた。リリィには自分を守るだけの力を身に付けて貰わなければならない。

――――いずれ、それは今ではないかもしれないが、俺はリリィに闇の魔法を教えるだろう。そんな確信があった。リリィに適性がなければそうならずに済んだ。だからそれを祈った。しかし、適性があるのなら俺がやることは一つだった。

「…………リリィなら心配はいらないさ」

闇の魔法使いが、全員悪い奴という訳ではない。

…………いや、今はそうかもしれないが、その悪《あ》しき歴史はリリィで終止符を打つだろう。

闇の魔法は教える。

だが、悪い魔法使いにはさせない。

それが『親』の役目だと思うんだよ。

◆

昼過ぎになると、興奮冷めやらぬ様子のリリィが勢いよくドアを開けて帰ってきた。

「ぱぱー！　りりーひかりのまほーつかいなんだって！」

リリィはリビングのソファで寛《くつろ》いでいた俺の前に仁王立ちすると、手にしていたクリスタル・ドラゴンの杖をぶんぶんと振り回した。大切そうにしていた伝説の剣（という名のただの木の枝）はどうしたんだろうか。すっかり忘れてしまって教室に置きっぱなしになっていたりはしないか。

「リリィ、帰った時の挨拶は？」

「ただいま！」

「おかえり。それでどうしたって？」

「えっとね、りりーひかりのまほーつかいになった！」

ふふーん、と胸を張るリリィ。

どうも「適性がある」というのを「既に魔法使いになった」と勘違いしているらしい。まあこの時期の下級一年生は皆こんなもんだ。ワクワクが胸をいっぱいにする時期。自分に闇の適性があると知らなかったあの頃の俺も、一人前に未来への希望に胸を膨らませていたような気がする。

………あの頃思い描いていた景色とは少し違うかもしれないが、確かに俺の未来には希望があったよ。

「光の魔法使い？　それは凄いな。光の魔法は俺も使えない貴重な魔法だぞ」

「くらすにもひかりのまほーつかいはりりーしかいなかったんだよ！」

ごにゃごにゃ、と何かを呟いて杖を振るリリィ。呪文詠唱のつもりだろうか…………勿論何も出たりはしない。

このはしゃぎ振りを見るに、クラスで一人だけ光の適性を持っていたことが相当嬉しかったみたいだな。

……………実はもう一つ適性を持っているんだ、と伝えたら一体どんな反応をするだろうか。勿論まだ教えたりはしないが。

「ところでリリィ、友達は出来たのか？」

魔法のこともいいが、どちらかといえば俺が気になるのはこっちだった。

帝都に来た理由の大部分は、リリィにしっかりとした魔法の基礎を身に付けて貰うことと、魔法省高官であるジークリンデにリリィを紹介することではあったんだだが、その次くらいに『リリィに友達が出来る環境を用意してやりたい』というのがあった。

ゼニスではホロくらいしか友達がいなかったからな。別にホロが役者不足という訳ではないんだが、同年代の友達はやっぱり必要だろう。俺も昔を振り返ってみれば、ジークリンデがいたから楽しかった…………と言えなくもない。

「ともだち？」

なにそれと言いたげに首を傾げるリリィ。今日の所は魔法のことで頭がいっぱいだったかな。

「ん～…………せんせー？」

「普通、先生のことは友達とは言わないな。同級生で誰かと仲良くなったりしなかったのか？」

俺がそう促すと、リリィはあっと声をあげる。

「あのね、りりーのけんあげた！　なまえはまだおぼえれてないけど…………」

「剣？　リリィは剣を持ってたのか？」

「あさひろった！　なんかね、ほしーっていわれたから、やだったけどあげたんだよ！」

「大切な剣を譲ってあげたのか？　良いことをしたじゃないか」

まさか俺が帰った後でそんな素晴らしい一幕が繰り広げられていたとは。剣は忘れた訳じゃなかったんだな。

頭を撫《な》でてやると、リリィは嬉しそうに笑った。

「りりーえらい？」

「ああ。偉いぞリリィ」

「えへへ…………りりー、やさしーまほーつかいになるんだー」

リラックスしてとろけきった表情で俺に抱き着いてくるリリィを、俺は暫《しばら》くの間撫で続けていた。

第二章　ジークリンデ、夢に見た時間

My daughter was an unsold slave elf.

「――――きろ。おい、何を昼間から気持ちよさそうに寝ているんだ」

「あン…………？」

環境音として素通りしてしまうくらいには耳に馴染《なじ》んだ声が、かろうじて俺を夢の世界から引き戻す。重たい瞼《まぶた》を開けてみれば、不満そうな表情で俺を見下ろすジークリンデが立っていた。

「ジークリンデ…………？」

突然の来客に寝起きの頭が追いつかない。

…………確か、リリィとソファで寛いでいたらリリィが寝てしまったから、ベッドに運んで俺も昼寝することにしたんだ。窓に目を向ければまだ空は青い。そんなに時間は経っていないか…………？

つーかコイツ、どうやって家に入ったんだ。リリィが鍵を開けっ放しにしていたのか？

「仕事のついでに寄ってみれば、まさかこんな昼間から昼寝とはな」

「…………そりゃ昼寝は昼にするもんだろ」

「揚げ足を取るな。昔からお前の悪い癖だぞ」

俺の軽口をバッサリと切り捨て、何故かジークリンデはソファに座った。

「仕事中じゃなかったのか？」

「今丁度終わったんだ。文句あるか？」

「別にないが…………」

前々から思っていたんだが、コイツはちゃんと仕事をしているんだろうか？

いや、別にコイツに限って仕事をサボっているなどということはあり得ないだろうが、それにしてもうちに来る頻度が高すぎる気がするんだが。

「…………」

そして最も謎なのは、コイツは特に用事がないということだ。毎度意味もなくうちに滞在し、ふらっと帰っていく。今も折角来たというのにぼーっと俺に視線を向けるだけ。もしかして実家に居辛《づら》い事情でもあるのか？

……名家中の名家であるフロイド家には俺の想像を遥《はる》かに超える事情が沢山存在してるだろうからな。避難場所としてうちを利用している可能性はある。

「…………あ」

ジークリンデといえば…………先生に何か言われた気がするな。確かもっとジークリンデのことを見てやれ、とか何とか。その意図は分からないが、偶《たま》には素直に先生の言うことを聞くのも悪くない。

「ジークリンデ、仕事は終わったんだよな」

「当然だ…………何だ、私を疑うのか？」

「違えよ。なら俺から一つ提案なんだが——今から俺とデートするか？」

「ぶッ——ゴホッゴホッ!?」

俺の言葉にジークリンデは思い切り咳《せ》き込んだ。

「お、お前…………いきなり何言い出すんだ!?」

「暇なんだろ？　ならいいじゃねえか、俺に付き合ってくれよ」

良い提案だと思ったんだが、しかしジークリンデの反応はあまり良くなかった。

「や、でもだな、私制服だし…………それに今日は朝バタバタしていたから髪だって…………」

さっきまで怒っていたかと思えば今度は急にしおらしくなるジークリンデ。慌ただしく服や髪を直し始めるが、正直おかしな所は見当たらなかった。女性にしか分からない違いというものがあるのかもしれないが、男の俺にはさっぱりだ。

「制服だとマズいのか？　なら日を改めるが」

「あ、いや！　大丈夫だ！　行く！　ちょっとだけ待ってろ！」

そう言ってジークリンデは姿見の方へダッシュしていく。

数分後、妙にもじもじしたジークリンデが戻ってきた。

「ど、どうだ。おかしい所はないだろうか…………？」

そう言って、俺の前でじっと身体を縮こまらせるジークリンデ。

…………やはり、何が変わったか分からなかった。

◆

帝都の街並みは十年経っても全く変わらない。ジークリンデに言わせればかなり変わったらしいんだが、エルフの国やゼニスなど様々な場所を見てきた俺には、魔法学校に通っていた頃と全く同じ顔をした風景がそこにあるように感じられた。たとえ建っている店が変わったとしても、街の匂いまでは変わらない。

「…………こうやって並んで歩いてると昔を思い出すな」

ジークリンデとは上級生で初めて同じクラスになった。

下級生、中級生とお互いにその存在は知ってはいたし（ジークリンデは学力で、俺は実技と総合成績で首席だった）顔を合わせたことも勿論ありはしたが、初めて話したのは同じクラスになってからだったはずだ。きっかけはもう思い出せないが、コイツの性格的に恐らく俺から話しかけたんだろう。

クラスでは「真面目でつまらない奴」と思われていたジークリンデだったが、話してみると案外面白い奴で、いつの間にか放課後はコイツと一緒にいるのが当たり前になってたんだよな。俺みたいなその日の気分で生きてるような奴によく付き合ってくれたよ。

「本当にな…………あれからもう十年だ。まさかまたこうやってお前と歩くことになるとは思いもしなかったぞ」

昼間の商業通りは人通りが多く、パッと見渡すだけでも人間、エルフ、獣人、竜人など様々な種族で賑《にぎ》わっていた。人目があるからか、それとも制服を着ているからか、それとも生来の性格によるものか、ジークリンデは硬い表情を崩さず景色を眺めている。傍《はた》からは魔法省の役人が巡回に来ているようにしか見えないだろう。その場合、隣を歩く俺は助手か何かだろうか。少なくともデートという雰囲気ではないのは確かだ。

………そもそもだ。

軽い気持ちでデートという言葉を使ったはいいものの、俺達の間柄にその言葉が適切なのかどうか、俺ですら分かっていない。デートというのは恋人同士で出掛ける行為を指すからだ。

入学式に母親として参加して貰った以上、ジークリンデにはこれから先、少なくともリリィが独り立ち出来るまでは母親役をして貰うことになる。そのこと自体はジークリンデも了承していた。

だが、恐らく俺達は一つ大きな見落としをしている。

俺も先生に言われてハッとしたが………ジークリンデにリリィの母親をやって貰うということは――つまり俺とジークリンデは夫婦になるということなんだ。そこをコイツは分かっているんだろうか。入学式でメディチに突っ込まれた時の反応を見るに分かっているようには見えなかったが。

いくら恋愛事に興味がなさそうなジークリンデとはいえ、ハイエルフについて調べる代償として好きでもない男と夫婦扱いされるのは御免被《こうむ》りたいんじゃないか。今日はそこんとこをはっきりさせるいい機会かもしれないな。

俺と夫婦になることを覚悟の上で、それでもリリィの母親になりたいというのであれば、その時は改めてお願いすることにしよう。

「――お」

記憶と完全に合致する風景を見つけ、思わず足を止める。

「どうしたんだ――ああ」

ジークリンデも俺の視線の先に気が付いたらしい。商業通りの一等地、高級ブランド『ビットネ・アルキュール』本店の向かいにある古ぼけた魔法書専門店。ジークリンデに連れられて度々冷やかしに行った記憶があった。

「懐かしいな。ちょっと入ってみようぜ」

学生時代の俺は勉強にあまり興味がなく、熱心に本棚を見つめるジークリンデの横顔を眺めるくらいしかやることがなかった魔法書店だが……一児の父親になった今、新しい発見があるかもしれない。

「いいのか？　お前、昔はいつも暇そうにしていたじゃないか」

言いながらも、ジークリンデは俺の後ろを付いてきた。

昼間なのにどこか薄暗い店先に立つと、少し埃《ほこり》っぽい特有の匂いに引っ張り出されるように昔の記憶が噴き出してきた。

◆

「…………本なんて読んで何が面白いのかねえ」

「別に私だって面白くて読んでいる訳じゃないさ。ヴァイス、お前はもう少し真面目に勉強に取り組むべきだぞ」

「俺より成績が下の奴に言われてもなあ」

「…………それはお前が異常に実技が得意なだけだろう。テストの成績は私の方が圧倒的に上だ」

そう言ってジークリンデは分厚い魔法書がぎっしりと詰まった本棚に視線を戻した。そしてその中の一つを手に取り、開く。

なになに…………『魔法陣組成概論』…………？

また難しそうなものを読みだしたな…………折角放課後になったというのに自主的に勉強したがるなんて、俺からすれば理解の外の生き物だ。まあこんな奴だからテストで満点を取れるのかもしれんが。

「ふむ…………なるほど…………」

「気になるなら買えばいいじゃねえか。たんまり持ってるんだろ？」

「…………」

「聞いてねえし」

コイツはいいとこのお嬢様の癖に妙に財布の紐《ひも》が堅く、滅多に本を購入することはない。店からすれば売上に貢献しない迷惑な立ち読み客だと思うんだが、店主に気に入られているのか注意された所を見たことがない。商業通りの一等地にあるこの古ぼけた書店は煌《きら》びやかなブランドショップに囲まれてなお怪しげなオーラをビンビンに放っていて、正直得体が知れないんだよな。繁盛している所を見たことがないし。

手持ち無沙汰になった俺は既に本の世界に入り込んでしまったジークリンデの横に並び立つと、適当に目の前の本棚から一冊抜き取る。『火魔法が世界にもたらす影響と未来への展望』とかいう小難しいタイトルだったが、内容はどうでもよかった。どうせ読む気なんてないしな。

「さてさて、俺も勉強しますかね」

本を開いて読むフリをしつつ、目線だけでジークリンデを観察する。

「そういうことか…………だが、これでは…………」

ジークリンデは俺に見られていることなど全く気付く様子もなく本の世界にどっぷり浸《つ》かっていた。二人で出掛けている最中にそれはどうなんだ、と思うかもしれないが、俺もジークリンデもそういうことが気にならない質《たち》だった。元々目的もない散策だしな。

「…………」

そんな訳で、俺がコイツに悪戯《いたずら》を仕掛けようと何の問題もない訳だ。何なら店主から感謝されてもいいくらいだと思わないか？

「…………そこに繋がるのか…………よく出来ている…………」

「…………はあ」

暫くの間その意外に整っている横顔をじっと眺めていたものの、ジークリンデは全く帰ってくる気配がない。俺は持っていた本を本棚に戻すと、今度は頭ごとジークリンデに向けて観察することにした。いつになったら俺に見られていることに気が付くか確かめてやろうという訳だ。

「…………なるほどな…………」

「じー」

「…………」

結構な至近距離で見られているというのに、ジークリンデは驚異の集中力で全く微動だにしない。

…………コイツのこういう所は見習わないといけないな。俺が授業中にじっとしていられなくなるのは、きっと集中力が欠けているせいだ。その点ジークリンデは彫像か何かのように眉一つ動かすことがない。爪の垢《あか》でも煎じて飲むべきだろうか？

「よいしょっと」

それでもまだ気が付かないジークリンデに対し、俺は最終手段に出た。名付けて身体ごと向き直る作戦だ。何なら視界に入るように首を傾けてみる。よお、見えてるかー？

「…………これは…………どういうことだ…………？」

「…………マジかよ」

確実に俺の顔は視界に入っているというのに、まるで見えていないかのように振る舞うジークリンデに俺は強いショックを受けた。俺より魔法書の方が大事だとでもいうのかよ。コイツ、本当は俺がちょっかいをかけていることに気が付いた上で無視してるんじゃないだろうな？

「…………ま、いいけどな」

別に親友って訳でもないし。そもそもまだ一年そこらの付き合いだ。問題児扱いされてる俺とつるんでくれているだけで感謝してるんだよ、本当はな。

「…………」

俺は大人しくジークリンデを眺める作業に戻った。別に本気で勉強の邪魔をしようって訳じゃないからな。

それにコイツは学校でこそダサいガリ勉みたいな扱いを受けちゃいるが、実は結構顔が整っている。本人には全くその気がなさそうだが、このデカい眼鏡といかにもな三つ編みさえ止《や》めれば男子から人気が出そうなもんだ。少なくとも俺はクラスで一番可愛いと思うね。この間俺に告白してきたメディチもなかなか可愛いが、俺はジークリンデ派だ。

もし告白してきたのがメディチじゃなくてジークリンデだったら受けていたかもしれないくらいには。

「…………」

「…………」

うーん…………やっぱり勿体《もったい》ないと思うんだよなあ。目はパッチリと大きいし、鼻はシュッとしていて確かな存在感がある。肌だって雪のように白く澄んでいるし、睫毛《まつげ》なんかうちの屋根くらい長い。少なくとも教室の隅っこで空気みたいな扱いを受けるような奴じゃないと思うんだよ。

「…………絶対可愛いよなあ」

「…………っ」

その瞬間、雪原のように白いジークリンデの肌が真っ赤に染まる。

「何だよ、やっぱり気付いてたんじゃねえか」

「…………い、一体何のつもりなんだお前は…………!?」

「いや、別に。暇だったから眺めてただけだ」

「頼むから見ないでくれ！　集中出来ん！」

「へいへい」

これ以上邪魔するのは悪いな。かといって真面目にくそ難しい魔法書を立ち読みするつもりもないし…………

「俺は適当にぶらついとくわ」

「ああ、悪いな」

「お気になさらず」

俺でも分かるような簡単で面白い魔法書でも探しますかね。こんだけ沢山の本があるんだ、一冊くらいそういうのもあるだろう。

「…………可愛い、か」

背後でジークリンデが何かを呟いた。

「…………？　ま、いいか」

声色から俺に向けた言葉ではないと判断し、俺は店の奥へ歩を進めた。

◆

「…………どうしたんだ？」

店先で足を止めた俺を不審がって、ジークリンデが怪訝《けげん》な表情で覗き込んでくる。あの時と全く変わらないダサい眼鏡越しに、澄んだ瞳が俺を射抜いた。

「いや、少し昔を思い出していただけだ」

「そうか。ここには何度も立ち寄ったからな」

そう言ってジークリンデは慣れた足取りで店の奥に歩いていく。きっと俺が帝都を離れてからも訪れていたんだろうな。

狭い店内はデカい本棚によって更に窮屈になっていて、通路は大人がギリギリすれ違えるかどうかという幅しかなかったが、昔と変わらず誰も客がいなかったから困ることはなかった。

「そういや、お前がここで本を買ってるのを見たことがない気がするんだがな」

「そうだったか？　私が教室で読んでいた魔法書は大体ここで購入したものだったんだがな」

「嘘つけよ。いつも立ち読みばかりだったじゃねえか。店の迷惑になってないかとハラハラしてたんだぞ俺は」

「私は内容を吟味してから買う派だからな。ああ――――確かにお前と一緒にいる時に買ったことはないかもしれないな。休日に一人で買いに来ていたことが多かったかもしれない」

放課後だけでは飽き足らず休日まで来てたのかよ。きっと朝から晩まで魔法書を読《よ》み漁《あさ》って、買うべきか否か考えてたんだろうな。金持ちなんだから気になったらとりあえず買っちまえばいいのに財布の紐が堅い奴だ。

ジークリンデと一緒に店の奥まで歩いていくと、小さなカウンターの奥に爺《じじい》が座っていた。恐らく店主だろう。学生時代何度も来ているのに、会ったのは初めてかもしれない。

「おお、ジークリンデちゃん。久しぶりだのう」

「お久しぶりです。最近はなかなか立ち寄れなくて申し訳ない」

「ええんじゃよ。年寄りの道楽じゃからな」

ジークリンデと爺は親しげに言葉を交わす。何の気なしに二人を眺めていると、爺が俺に視線を合わせた。

「お前さんは…………見たことがあるのう。どこでじゃったか…………」

「気のせいじゃないか？　俺は爺さんに見覚えなんかないぞ」

「お前は元クラスメイトすら覚えていなかっただろうが」

メディチのことか。仕方ねえだろ、十年も経ったら大抵のことは忘れちまう。

「…………ああ、思い出したぞい。お前さんあれじゃな？　昔ジークリンデちゃんと一緒によく来てた彼氏じゃろう？」

「がホッゴホッ…………!?」

爺の突拍子もない発言にジークリンデが咳き込む。

「彼氏だあ？」

「違うんか？　今も一緒におるじゃろうが」

爺はにまにまと嫌な笑みを浮かべて俺とジークリンデを指で示した。

俺とコイツが彼氏彼女だと？

とんでもない勘違いもあるもんだな。

「店主、違うんだ。私とヴァイスは――――」

「――――夫婦だ」

「!?」

ジークリンデが驚愕の表情を浮かべて俺を見る。俺は横目でジークリンデの様子を細かく観察することにした。

「…………」

この反応は…………どっちなんだ？

嫌がっているのか、そうでないのか。正直よく分からないな。

固まったジークリンデを置いて、爺が見た目によらない高い声で歓喜の叫びを発した。

「ほほーっ！　やはりそうじゃったか！　良かったのうジークリンデちゃん」

爺はカウンターから身を乗り出してジークリンデの肩をバシバシと叩いた。ジークリンデは恥ずかしそうにぺこぺこと頭を下げている。

「良かった…………？」

「や、いやいや何でもないんだ！　よし、そろそろ次の場所に行こうじゃないか！　店主、私達はそろそろ失礼させて貰うぞ。ほらヴァイス、付いてこい！」

ジークリンデは逃げるように店の外に走っていった。一体どうしたんだ…………？

「…………ヴァイスといったかの？」

遠ざかるジークリンデの背中から視線を外すと、爺が真剣な顔つきで俺を見ていた。

「そうだ。どうかしたか？」

「ジークリンデちゃんを悲しませるでないぞ。あの子はうちの売上に一番貢献してくれてるいい子じゃからな」

「ああ――――」

そんなことか。改まって言うから何かと思ったぜ。

「――――当然だろ。夫婦っていうのは支え合って生きていくものだと思うからな」

俺の言葉に、爺は満足そうに頷いた。

「いい言葉じゃ。若いのにしっかりしとるのう」

「おいヴァイス！　何を話してる!?　早く行くぞ！」

店の外からジークリンデの叫び声が聞こえる。何をそんなに急いでるんだか。

「じゃあ爺さん、多分また来るよ」

「ああ、また二人で来るとよい。昔のように冷やかしでも構わんぞ」

俺は爺に背を向け、ジークリンデの方へ歩き出した。

――――夫婦は、支え合って生きていくもの。

そう言ったものの、正直全く自覚はない。

最近はリリィをちゃんと育てることに必死で、親になることに必死で、他のことを考える余裕が全くなかったからな。

おまけにジークリンデからもはっきりと気持ちを聞いた訳ではない。リリィの親になるのはいいが、俺と夫婦になるのは嫌だと言われる可能性だってないとは言えないんだ。

「…………そもそもだ」

気持ちというなら、俺はどうなんだ。

あのジークリンデと夫婦になるんだぞ。夫婦になるというのは、つまり俺の両親みたいな関係になるということだ。家族になるということだ。

ジークリンデと、家族になる。

「遅いぞヴァイス！　ほら、さっさと次に行くぞ次に」

「…………」

コイツと家族になる、か…………。

無言で見つめ続ける俺に、ジークリンデは挙動不審な様子で自分の服を確認し始めた。

「な、なんだ!?　どこかおかしいのか!?」

あたふたと服や髪を直し始めるジークリンデ。眺めていると、自分の気持ちがはっきりと分かってくる。

「…………不思議と、悪くないかもな」

「何か言ったか!?」

「何も。ほら、別の場所行こうぜ」

歩き出すと、急いでジークリンデが横に並ぶ。

…………思えば、コイツが横にいる時の妙な心地よさを、俺は学生時代から知っているはずだった。

◇

私は焦っていた。

折角ヴァイスに誘って貰えたというのに、気の利いたことを全く出来ていない。どうして私は恋愛事になると、こうも不器用になってしまうんだ。これではヴァイスと恋人になるなど夢のまた夢ではないか。

それに…………ヴァイスもヴァイスだ。

私とヴァイスが…………ふ、夫婦…………だなどと。訳の分からないことを言って私をかき乱してくる。夫婦の意味を分かって言ってるのか、アイツは。

確かに私は入学式にてリリィの母親役を務めることに成功した。傍から見れば私とヴァイスは夫婦ということになるんだろう。しかし現実は悲しいくらいに異なっていて、私はただあの日限定の仮初の母親に過ぎなかった。リリィだって私のことを母親だなどとは全く思っていないだろう。何度も顔を合わせているというのに、依然として私とリリィの間には、家族と呼ぶには程遠い遠慮が横たわっている。

そもそもだ。

夫婦というのは…………あ、愛し合っているものだ。街を巡回している時によく目にする、手を繋いで歩いている男女。ああいうのが本当の夫婦というものだろう。

残念ながら私達の手のひらは一切交わる気配がない。私とヴァイスが真に夫婦でないことは明らかだった。

「…………」

ヴァイスは私のことをどう思っているんだろうか。

私がヴァイスを想《おも》っているように、ヴァイスも私のことを想ってくれているんだろうか。

…………嫌われてはいないはずだ。ヴァイスとはもう十年以上の付き合いになる。流石に嫌いな相手とそう長い間、関係は持たないだろう。母親役を頼むことも、成り行きとはいえ夫婦と紹介することもないはずだ。そこは安心していい気がする。

だが…………好きかといわれると。

正直な所、そんな雰囲気は一切感じられないのだった。今だって、私ばかりドキドキするだけで、ヴァイスは涼しい顔をしている。恐らくデートという言葉にも深い意味などないのだろう。コイツは昔からそういう奴なんだ。いつも思わせぶりな態度で私を惑わしてくる。

何も言わず十年間も姿を消したことだってそうだ。私のことが好きだというのなら一言くらいあってもいいだろう。付いてこいと言われたら、付いていったというのに。今でこそ冷静に振り返られるが……あの時の絶望といったらなかったぞ。

こうして改めて考えると、考えれば考えるほど……ヴァイスが私を好きだという未来はなさそうなのだ。

だが……

『……絶対可愛いよなあ』

あの書店で言われた言葉。ヴァイスは覚えてなどいないだろうが、私はずっと覚えている。

ヴァイスは昔から私のことを可愛いと言ってくれた。他の誰にもそんなことを言われたことはない。

ヴァイスだけだ、そんな奴は。

無論、半分以上は冗談だと思っていたが、それでも好きな人にそう言われるのは嬉しかった。今でも思い出すと胸が高鳴るほどだ。

「……はあ」

結局――ヴァイスは私のことをどう思っているんだろうか。

誰か教えてくれないか。

◆

「きゃああああああ!!!」

——治安の良い商業通りには余りにも異質な、悲痛な叫び声が響いた。

「何だ!?」

叫び声に反応して、ジークリンデが声の方へ駆け出す。

「————ッ、ジークリンデ!」

数瞬遅れて俺はジークリンデの後を追った。一歩目の差は、帝都を思う心の差か。ジークリンデは既に大通りから折れて、叫び声の元と思《おぼ》しき小さな路地に入っていく所だった。路地の入り口付近には既に野次馬が集まりだしていて、俺とジークリンデの間を塞ぐ。

「頼む、どいてくれ!」

平和ボケした帝都の住人にとっては、近くで聞こえた叫び声も自分とは関係ない物語の中の出来事だ。群衆は薄暗い路地の奥に興味津々で、誰も俺の声など耳に入っていない。どうしてわざわざ自分から危険に近付くような行動を取るのか、全く理解が出来ない。

「————ッ!」

俺は魔法で身体能力を強化し、力の限り跳躍する。

『身体能力強化』は秘匿すべきとある属性の魔法だが、人目を気にしている場合じゃない。そのまま路地を形成する建物の屋根に着地し、上からジークリンデを探すことにした。

が、野次馬に足止めされていた間にジークリンデの背中は見えなくなっていた。

……………どこまで行ったんだよアイツは！

「頼むから一人で突っ走るなよ…………！」

アイツの実技の成績を考えれば、どれだけ心配しても心配しすぎということはない。

俺は屋根を踏み抜く勢いでジークリンデの後を追った。

◇

華々しい商業通りの輝きも裏路地までは届かない。細く薄暗い路地には、まだ開店時間になっていないカフェや酒場などが夜に向けひっそりと息を潜めて眠っている。

頭の片隅に残っていた帝都の区画図を頼りに迷路じみた小道を何度か折れると、建物の壁に囲まれた行き止まりに辿り着く。そこで行われていた光景に、私は身体の芯に力を込める間もなく飛び出した。

「何をやっている！」

「あン…………チッ、誰だテメエは!?」

ナイフを持った男と、壁に追い詰められた女性。何が起きているかは火を見るより明らかだった。

「助けてください！　お願いします！」

「黙ってろ！」

真昼だというのに辺りは夜のように暗く、男の表情ははっきりと窺い知れない。ただ薄影の中から蛇のように狡猾《こうかつ》な目が私を縫い付けた。私は脚のホルスターから杖を抜き取りながらゆっくりと距離を詰める。

「私は魔法省の役人だ。ナイフを置いてその女性から離れろ」

「クソッ…………どうして役人様がこんな所にいンだよ…………！」

男は私の言葉に大人しく従うような雰囲気ではなかった。ナイフを私と女性に交互に差し向けながら、私から離れるように…………いや、女性に近付くように後退していく。

「離れろと言っている！」

「きゃあッ!?」

私の制止を振り切り、男は女性を羽交い締めにすると首元にナイフをあてがった。

「近付くんじゃねえ！　こいつがどうなっても知らねェぞ！」

「くっ…………」

人質を取られ、私は足を止める。速度の早い魔法なら男の虚を突いて攻撃することが出来るかもしれないが、それを女性に当てないようピンポイントに制御する技量は私にはなかった。

…………アイツは…………ヴァイスは来ていないのか？

後悔がじんわりと心を侵食していく。アイツと一緒ならこうはならなかったはずだ。

「いいか？　余計な真似《まね》すンじゃねェぞ！　まずは杖を置いて両手を上げて貰おうか！」

女性の悲痛な眼差しが私を突き刺す。

………死が首元に触れている彼女の恐怖は想像するに余りある。まずは彼女を落ち着かせることが最優先事項だ。

私は杖を地面に落とした。カラン、という高い音が淀《よど》んだ空気を奔《はし》る。

「言う通りにしたぞ。女性を解放して貰おうか」

「まだだ！　杖をこっちに蹴れ！」

杖を男の方に蹴り渡すと、男は女性の首にナイフを当てたまま注意深くそれを拾う。見掛け通り慎重で狡猾な男だ。

「チッ………」

杖なしで魔法を行使することは私には出来ない。これで私の攻撃手段は完全になくなってしまった。それどころか、命の危険さえある。対ナイフの戦闘術は魔法省で習ったが、久しく実戦から離れている私には頭の中の知識でしかなくなってしまっていた。

「………」

私に出来ることはもう、ヴァイスが現れるのを待つことだけだった。せめてもの抵抗に男を睨みつけていると、女性は驚いたような表情で私を指差した。

「――――お姉さん後ろッ！」

「ッ!?　ぐッ……ァ……！」

燃え上がるような痛みに、視界がチカチカと明滅する。

捩《ね》じ切《き》れたと錯覚した私の両手は未《いま》だ腕の先にくっついていたものの、背後から私の両手首を掴み上げている大きな手は、私に絶望を与えるには充分すぎる見た目をしていた。手を覆い隠す黒い長毛は、怪力自慢の獣人族の特徴だった。

「おい、何やってんだよ相棒？」

背中から野太い声が響く。それを受けて、ナイフの男は愉快そうに口の端を吊り上げた。

「へっ、残念だったな役人さんよォ!?　俺達ゃ二人組だったたって訳だ！」

「何だと………!?」

男の態度から単独犯だと決めつけていた。まさか背後の気配に全く気が付かないとは………。

「役人だと？　相棒、こいつはどうする？」

「ぐっ………！」

獣人が私の腕をぐい、と持ち上げる。獣人からすればそれは攻撃のつもりですらないのだろうが、その握力に私の腕は悲鳴をあげる。まるで魔物に噛《か》みつかれているようだった。

「決まってんだろ………おい嬢ちゃん、一人でこんな路地裏まで来るもんじゃねえぜ？　最近の帝都は物騒だからよ………ま、もう後悔しても遅いけどな」

男は持っていたナイフをこちらに投げ渡す。背中の獣人はそれを慣れた手付きで受け取ると、私の首元に添えた。男の手には既に新しいナイフが握られていて、女性の首元で鈍く光っている。

「ッ………は、はなせ………！」

必死にもがくも、人間と獣人の腕力差に為《な》す術《すべ》もなく。

ナイフを握った手に力が込められるのが────不思議なほどゆっくり見えた。

「じゃあ…………死ねや」

「ッ…………ヴァイス…………！」

目を瞑《つぶ》り、愛《いと》しい男の名を呼ぶ。

それが私が最後に取った行動だった。

…………こんなことなら、アイツにちゃんと気持ちを伝えれば良かった。人生の最後がこんな後悔で終わるなんて。

…………

…………

「────呼んだか？　…………ったく、意外に足速いのな、お前」

「グおァ…………ッ!?」

────聞きたかった声は空から降ってきた。

「…………ヴァイスッ!!」

目を開け空を見上げると、ヴァイスが屋根の上からこちらに飛び降りてくる。気が付けば獣人は地面に倒れていて、身体から煙を上げていた。

…………学生時代は憎らしいほどだったヴァイスの実技の成績に、まさか感謝する日が来ようとは。あの頃の私に言っても、絶対信じられないだろうな。

◆

「何だテメエはッ!?」

いかにも小物らしい声に振り返ると、小さなナイフを握りしめた男が必死に女を人質に取っていた。ジークリンデに注目していたから状況を把握していなかったが…………なるほど、人質がいたからジークリンデは捕まっていた訳か。流石に普通に戦ったら魔法省長官補佐が街のチンピラ風情に遅れをとる訳がないもんな。

「俺か？　俺は…………そうだな。悪人だ」

男は既に俺の魔法の射程圏内に入っていたが、わざと近くまで歩いていく。少しお仕置きしてやってもいいだろう。

「来ンなッ！　こいつがどうなってもいいのか!?」

「ヒィッ…………」

男はナイフをより一層首元に近付ける。もうナイフと首筋はぴったりとくっついていた。あとは少し腕を引くだけで一つの命が失われるだろう。だが、俺は歩みを止めない。

「気を付けろよ。そいつが死んだらお前を守るものはなくなるんだぞ？」

「ああ…………？」

脅しが利かないのが不可解なのか、男は困惑の声をあげた。

――――今、自分がナイフを突きつけている女こそが、自分の命を繋ぎ止めているのだと、まだ理解出来ていないらしい。

「その女を殺せば、その瞬間に俺がお前を殺す。試してみればいい」

「くッ…………」

俺は男の目の前に辿り着く。男は俺の言葉に気圧《けお》され、人質を引き摺《ひず》りながら一歩後ろに後退した。

「ヴァイス、それは――――」

「静かにしてろジークリンデ」

後方からの声を制する。

万が一にも市民に危害が及ぶことは避けたいんだろうが、その心配はない。もし男が自棄《やけ》になったとしても、ナイフが女の首を掻《か》き切るより先に俺の魔法が男を襲うからだ。

「どうした？　やらないのか？　俺はその女がどうなってもいいと言ってるんだぞ？」

「ク…………クソぉおおおおおお!!!!」

俺の煽《あお》りに堪忍袋の緒が切れたらしい。男は女を突き飛ばすと俺に襲いかかってきた。

「ヴァイス！」

ジークリンデの叫び声。心配いらないっての。

「ま、正しい選択だ」

これなら加減してやれるからな。

「なッ――――!?」

的確に首筋を狙ってきたナイフを素手で受け止める。身体能力強化はこんなことも出来る訳だ。このまま刃を握り潰すことも可能だろう。

「これから路地裏に来る時は気を付けろよ？　最近の帝都は物騒だからな」

男に死なない程度の魔法を放つ。

男は勢いよく吹っ飛び、俺の手には男が残していったナイフが握られていた。


「悪いな、遅くなっちまって」

「ああ…………あ、あれ…………？」

俺が近付くと、ジークリンデは力が抜けたようにへたり込んでしまった。

……………魔法省の制服から覗く細い脚が小さく震えている。

「何だよ、柄にもなくビビってたのか？」

「そ、そんな訳ないだろう！　久しぶりの実戦だったから少し気を張っていただけだ！」

ジークリンデは自らの言葉を証明するように立ち上がろうとするが、身体が言うことを聞かず変な体勢で座り込んでしまった。

「ぐ………」

ジークリンデは気まずそうに目を逸らす。大の大人が腰を抜かして立てないなんて、出来れば知られたくないもんな。

「見るな！」

俺がわざとらしくにやにやしていると、ジークリンデは座ったまま俺に牙を剝《む》く。その体勢で凄まれても迫力に欠けるんだよな…………。

「見られたくないなら早く立てばいいだろ？」

「…………お前、覚えてろよ…………！」

「…………」

ジークリンデの睨みを受け流しつつ頭を回転させる。

……このままジークリンデが復活するまで待っていてもいいんだが、騒ぎを聞きつけた魔法省の役人と鉢合わせするのは避けたい。野次馬の中には俺が屋根の上まで跳んだのを見ている奴だっている。俺が闇の魔法を会得していると知れたら色々と面倒なことになるだろう。

となれば、一刻も早くこの場を離れるに越したことはない。人質の女もとっくに逃げたしな。ここは一つ夫婦らしいやり方で逃げてみようじゃないか。

「…………ジークリンデ、ほれ。手貸してやるよ」

「あ、ああ…………済まない」

ジークリンデが俺の手を摑もうと手を伸ばす。俺はその手をさっと避けると、そのまま腕と膝の下に両手を差し入れ、ジークリンデを持ち上げた。勿論リリィよりは重たいが、ゴツい制服を着てる割には軽い。

「お、おい!? ヴァイス!?」

「暴れるなって。落としてもいいのか？」

「ちょっと待て！　何が起きてる⁉」

「お姫様抱っこだ。よく考えたらお前ってお姫様みたいなもんだろ？」

なんたってあのフロイド家のご令嬢だからな。

本来なら魔法省でバリバリ働く必要なんてなく、寧ろ魔法省を使って甘い汁を吸う側の人間だ。

「おひっ――――お姫様だと⁉　ななな何を言っている⁉　おいヴァイス！　今すぐ降ろせ！」

「ヤなこった。暴れるのはいいがちゃんと首に手を回しといてくれ」

ジークリンデは暫くの間ジタバタと暴れていたが、俺に降ろす気がないと悟ると大人しく首に手を回した。顔を見られるのが恥ずかしいのか、俺の胸に顔を押し付けるようにしていたが――――髪から覗く耳はしっかりと赤くなっていた。


諸々《もろもろ》の事情から出来ればやり逃げしたかった俺だったが、流石に魔法省長官補佐のジークリンデ的にはそうもいかないらしく、大通りで魔法省の職員を捕まえるとあれこれと指示を出していた。

その横顔は完全に仕事モードに切り替わっていて、真っ赤になっていた頬は雪のような白さを取り戻している。さっきまで俺にしがみついていた癖に…………切り替えの早い奴だ。

万が一にも関係者だと思われないように少し離れた場所からそれを眺めていると、職員達はビシッと敬礼をして路地裏に走っていく。その横顔は少しホッとしているように見えた。気絶しているとはいえ、今から暴力事件の犯人を捕まえに行くのに顔が緩むとは、ジークリンデは普段どれだけ怖がられているんだろうか。少し目つきが悪いだけで別に怖い奴じゃないんだけどな。

ジークリンデは視線を彷徨《さまよ》わせ俺を見つけると、群衆の合間を抜けるようにこちらに歩いてくる。

路地裏への入り口は魔法省によって封鎖されているから野次馬は既にいなくなっていたが、それでも商業通りは真《ま》っ直《す》ぐ歩けないほどの賑わいを見せていた。

……………こんな栄えた大通り沿いで事件が起きるとはな。何か引っ掛かる気もする。だが、それについて考える暇はなさそうだった。ジークリンデが手を上げながら俺の横に並んだからだ。

「済まない、待たせたな」

「もういいのか？　俺のことは気にしなくてもいいが」

「いや、あとはあいつらに任せていれば大丈夫だろう。犯人も無力化しているしな」

ジークリンデは今一度路地裏に視線を向けた。その真っ直ぐな視線からはどんな感情も読み取ることは出来なかった。職員への心配や自らの失敗への悔いなどは何も。そういや昔から感情が顔に出ない奴だったな。

「…………んで、どうなったんだ？」

漠然とした俺の質問の意図を、ジークリンデは瞬時に汲《く》み取《と》ったようだった。

「…………私が見つけて鎮圧したことにしてあるさ。取り調べは私の力で何とでもなるからな。心配しなくていい」

「そうか、助かるよ」

そこで、ジークリンデは少し悲しい…………いや、寂しい…………？

とにかく少し下を向いて、表情を曇らせた。

「……………ヴァイス。お前…………何か使ってたな？」

「――――ああ」

屋上から飛び降りても無傷だったり、ナイフを素手で摑むなんて、何かしてないとおかしいからな。ジークリンデがそう考えるのも当然のことだった。

「何かって…………分かってるんだろ？」

ジークリンデは俺に闇魔法の適性があることを知っている。魔法省の上層部には闇魔法の適性を持っている者のリストがあるはずだし、それ以前にジークリンデにだけは直接教えた記憶がある。

普通は関係を断ちたくなりそうなもんだが、ジークリンデの反応が予想外に淡白だったんでよく覚えていた。

ジークリンデは諦めたようにため息をつき空を見上げた。青く澄んだ空は、端っこを赤く染め始めていた。

…………もうそろそろ帰らないとリリィが起きちまうかもな。

「…………まさか闇魔法に助けられる日が来るとはな」

「意外と悪いもんじゃねえだろ？　使い方さえ間違えなきゃ普通の魔法と変わらねえさ」

まあ中には人を攻撃する以外使い道が思い浮かばない魔法もあるけどな…………使うことはきっとないだろう。

「物騒な話は終わりにしようぜ。俺の用事に付き合ってくれよ」

「用事？　どこに行くんだ？」

「ちょっとばかりローブ屋に用があってな」

少しわざとらしすぎた俺の話題そらしにジークリンデは乗ってくれた。

良い奴だな、ホント。

そんな訳で、俺達はローブ屋を訪れていた。

先生の店ではなく、先日エンジェルベアの毛皮を引き渡した所だ。実は毛皮を引き渡すついでに一つ依頼をしていたんだが、それが完成したと連絡があったのだ。

「いらっしゃいませ」

店に入ると、店員のエルフが俺達に気付き近寄ってくる。そのままジークリンデの前に立つと、丁寧に頭を下げた。

「ジークリンデ様、先日は本当に有難《ありがと》う御座いました。フローレンシア家のご令嬢のローブを手掛けることが出来、非常に光栄で御座います」

「こちらこそ素晴らしいローブを作って頂き感謝している。先方も満足していたよ」

そのままジークリンデと店員は当たり障りのない世間話を始めた。一人輪の外に弾《はじ》き出《だ》された俺はタイミングを見計らって会話に割り込むことにした。

「それで、頼んでいた物はどこにあるんだ？」

「こちらに御座います」

エルフが店の奥に歩いていく。後を付いていくと、テーブルの上に毛皮の敷物《しきもの》が丸められていた。リリィが寝そべったらギリギリはみ出すくらいのサイズ。まあローブの余りではこれくらいの大きさになってしまうか。

「何なんだ、それは？」

ジークリンデが俺の背後から覗き込んでくる。

「くまたんの寝床にしようと思ってな。余った毛皮で敷物を作れないか頼んでたんだ」

――――この思い付きが、果たしてどう転ぶのか。実物を目の前にしてもまだ結論は出ていなかった。

「…………この毛皮は、くまたんの親のものだ。ジークリンデ…………お前はどう思う？　どっちが嬉しい？　もう二度と親に会えないのと、こういう形でも再会出来るのと」

俺の脳裏には、初めてくまたんと出会った時の情景が浮かんでいた。もう既に事切れていた親の身体を必死に舐《な》めるくまたん。それを見て俺は今回のことを思いついたんだ。良いか悪いかは分からない。ただ、そうしたいと思ったんだ。

「最近のくまたんは幸せそうにしている。エンジェルベアの知能を考えれば、既に親のことを忘れている可能性もある。俺の行為はくまたんに悲しみを思い出させるだけかもしれないんだ。なあ、俺はどうすればいいと思う？」

俺の問いにジークリンデは押し黙った。

しかし、静寂は少しの間だけだった。

「………分からない。それを決めるのはお前や私ではなくあのエンジェルベアだ。結局の所、私達は起こした行動の責任を取ることしか出来ない。もしお前の行為がエンジェルベアを悲しませてしまったなら、また幸せにしてやるしかないだろうな」

下手に肯定しない所がコイツらしい。だが、お陰で聞きたい言葉を聞けた気がした。

「………ありがとな。お陰で決心がついたよ」

敷物を受け取り店の外に出ると、空はすっかり赤く染まっていた。そろそろお開きの時間だな。

「………なあ、今日楽しかったか？」

我ながら、いまいち夫婦らしいことは出来なかった気がする。色々あったせいでジークリンデも半分くらいは仕事モードだったしな。

「お前はどうなんだ、ヴァイス」

ジークリンデは俺を置いて歩き出す。俺は慌てて隣に並んだ。仕事モードのジークリンデは相変わらずの無表情で感情が読み取れない。

「俺は………そうだな」

思い返すまでもなく答えは決まっていた。学生時代から、何だかんだコイツの隣はしっくりくるんだ。

「楽しかった。学生時代に戻ったみたいでな」

それが俺の本心だった。夫婦になったからとか、リリィの母親が必要だとか、そういう事情は抜きにして単純に楽しかった。

「…………」

折角追いついたというのに、ジークリンデはスピードを上げ俺を少しだけ引き離した。赤毛の三つ編みがジークリンデに合わせてぱたぱたと揺れる。

「…………私も、同じ気持ちだ」

俺がスピードを上げたのか、それともジークリンデが歩を緩めたのか。分からないが、気付けば俺はジークリンデの隣を歩いていた。

そんな感じで初デートは終わりを告げたのだった。

◆

「ただいまー」

「！　ぱぱおかえりー！」

帰宅すると、リリィはくまたんと一緒にリビングでお菓子を食べていた。もうすぐ夜ご飯の時間だが今日の所はいいだろう。寝てる間に置いていってしまったしな。

「ぱぱ、それなに？」

リリィは口にお菓子を付けたまま俺に駆け寄ると、持っていた毛皮の敷物を指差す。もしかしたら自分へのお土産だと思っているのかもしれないな。街に出る度にリリィに何か買っていたし。

「これか？　これはくまたんの寝床だ」

今まではリリィのベッドやリビングのソファで眠っていたくまたんだが、今日からは自分専用の寝床が出来る。………受け入れてくれればの話だが。

「くまたんのべっど？　かしてかして！」

ぴょんぴょんと飛び跳ねるリリィに敷物を渡す。リリィは敷物を受け取ると、体いっぱいに抱えながらリビングを右往左往しだした。きっとどこに設置するのがいいか考えているんだろう。

「よぅし」

最初は隅っこの方に置こうとしていたリリィだったが、思い直したようにこちらに戻ってくるとソファのすぐ傍に敷物を敷いた。隅の方だと可哀想《かわいそう》だと考えたのかもしれない。

「くまたーん、べっどだよー」

リリィはソファの上でごろんとしていたくまたんを抱きかかえ、敷物の上に移動させる。さて、どうなるか………。

「………？」

敷物の上にぺたんと着地したくまたんは、不思議そうに敷物に顔を近付ける。そして、くんくんと鼻を揺らしながら敷物の上を歩き始めた。

「どきどき………」

リリィは敷物のすぐ傍に座り込んでくまたんを見守っている。リリィはこの敷物がくまたんの親の素材だとは知らないから、単純に寝床を気に入るか気になっているんだろう。

「………お」

くまたんの行動に、つい声が出てしまう。

くまたんはまるで毛繕いをするように敷物を舐めまわすと、ゆっくりと目を閉じて丸くなった。

それはまるで、親の大きな身体に包まれて眠る子供のようだった。いつものほほんとしているくまたんだが、それでも今はいつも以上にリラックスしているのが分かる。俺の願望がそう見せているだけかもしれないが。

「気に入ってくれたみたいだな」

「くまたん、きもちよさそー…………！」

リリィは敷物の上に侵入し、くまたんの横で寝転んだ。流石に足がはみ出していたが丸くなるとギリギリ収まる。身を寄せ合って丸くなるリリィとくまたんは、大きなエンジェルベアの背中で寝ているようにも見えて、悪くない光景だった。

「ふかふかだ…………！　りりーもきょーからここでねる！」

「それは流石に風邪ひくぞ」

まさかまた寝るのかと思ったが流石に眠くはなかったようで、リリィとくまたんは敷物の上でじゃれあい始めた。いつもよりテンションが高いくまたんに襲われてリリィは楽しそうに敷物に倒れ込む。遊び場がソファから敷物の上に移動しただけに見えなくもないが、何にせよくまたんが気に入ってくれて良かった。慣れないことをしたから失敗したらどうしようかと思ったぜ。

第三章　リリィ、初めての学校生活

My daughter was an unsold slave elf.

帝都でも有数の名家、フローレンシア家。

質実剛健なフロイド家とは違い、日々華々しい生活を送っているフローレンシア家は毎日の食事も豪華そのもの。何十人もの人間が座れそうな長テーブルには決して食べきれない量のご馳走が並び、最高級魔石の調度品がそれらを明るく照らしていた。

そんな中、現当主の娘であるメディチ・フローレンシアは、娘のレイン・フローレンシアに語りかけた。二人ともテーブルの上のご馳走などとうに見飽きているのか、顔を綻ばせることはない。

「それで、学校はどうなの？」

「どうなのって……まだ初日よママ」

初日の授業は魔力測定と自己紹介をしたくらいでレイン的には特に言うことが見つからなかった。

ただ、聡明《そうめい》なレインはこの少し口煩《くちうるさ》い母が娘に多大な期待をしていることは理解していたので、何も言わないのは良くないと考えこう続けた。

「そういえば私、雷のてきせいがあったわ。先生と同じだったのよ」

「そう。適性は雷だけ？」

娘の報告に、メディチは眉一つ動かさない。

「ええ」

「クラスに二属性の適性を持つ子はいた？　例えば…………リリィちゃんはどうだったの？」

「リリィ？　誰だったかしら」

「水色の髪のエルフがいたでしょう」

「ああ、あの子。あの子は…………確か光のてきせいじゃなかったかしら。ママ、あの子がどうしたの？」

「ううん、何でもないけど…………レイン、あの子には絶対負けないでね」

「…………？　分かったわ、ママ」

レインはリリィのことを『歳の割に子供っぽい子』だとしか認識しておらず、どうして母が知り合いでもないリリィに拘《こだわ》るのか理解が出来なかった。メディチもメディチで、その理由をレインに伝える気はさらさらないのだった。

…………まさか、自分が学生時代にフラれた相手と『魔法書の虫』だと馬鹿にしていた相手が結婚するなど予想出来る訳もなく。

「…………ヴァイスくん、どうしてジークリンデなんかと…………」

メディチのプライドは今、ズタズタなのだった。今更ヴァイスと結婚したいとまでは思わないが、それでも娘の優秀さで負ける訳には絶対にいかない。

娘の優秀さで勝ること。

それが傷付いたプライドを修復する唯一の方法なのだから。

□

「はい！」

リリィの元気な声が教室にこだました。

エスメラルダが朝一番に放った「既に魔力を放出出来る子はいるかい？」という質問に対しての返答だった。やる気満々のリリィは返事をするだけでは足りず、手を上げ、椅子から立ち上がってもいた。リリィは同級生より少し背が低いので、また椅子に座る時に苦労するのだが、リリィはそのことを立ち上がる度に忘れていた。

――――色々な意味で『問題児』ばかりを集めたこのナスターシャ魔法学校一年一組においても、リリィ・フレンベルグは一際『問題児』だった。それは父親が高度魔法の『透明化』を使用してまで非公式授業参観をしてくる過保護親だから…………ではなく、母親が帝都でも随一の権力を誇るフロイド家の令嬢であり、更に魔法省の高官だから…………でもなく、リリィが絶滅したはずの希少種『ハイエルフ』の生き残りだからだ。少々非合法な手段で担任の座に滑り込んだ帝都きっての才媛エスメラルダ・イーゼンバーンですら、ハイエルフの存在などこの前まで信じていなかったのだ。まさに伝説の存在と言っていいだろう。

「せんせー！　りりー、まほーだせるよ！　むずむず…………――――」

「今は出さなくても大丈夫さね」

「はーい！　んしょ………っと」

リリィは今は自分が魔法を披露する時ではないと理解すると、椅子に向き直り、えっちらおっちらと膝を掛け、くるりと器用に回って着席した。背の低いリリィにとってこの世の大半の椅子は背が高く、その為編み出された技であったが、ヴァイスは初めてこの動作を見た際、我が子のあまりの天才さに感動したらしい。

そんなリリィを、じっとりと観察する存在が一人。

「じー………」

リリィの隣の席から静かな熱視線を送るのは、帝都を代表する名家フローレンシア家の一人娘レイン・フローレンシア。

何かあった時に誰も責任を取れないと一組に送り込まれた彼女だが、本人は至って普通の女児。少しばかり自己中心的で目立ちたがり屋なきらいはあるものの、それを補って余りある聡明さを備えてもいた。その聡明さ故、一年生にして既に母親からの歪んだ期待を理解しているほどである。

（リリィ………一体なにものなのかしら………？）

レインの目には、リリィは少し子供っぽいだけの普通のエルフの子にしか映らない。水色の髪という強烈な特徴こそあるものの、だからどうという訳でもなかった。珍しい色の髪とキラキラ輝く綺麗な杖、そして何故か一人だけ被っている帽子が故に教室で目立っていることは少し面白くなかったが。

（ママはどうしてリリィに負けちゃダメなんて言ったのかしら）

それを突き止めるには余りにも情報が不足していた。レインは現時点で母親の意図を理解することを諦め、代わりに右手を真っ直ぐ上げた。レインも既に魔力を放出することが出来たのだ。

「先生、私も出来ます」

「おお、今年の一年生は優秀だねえ」

「ありがとうございます、先生」

優秀、という言葉にレインは目を細める。母親からは滅多に言って貰えないその言葉がレインは大好きだった。権謀術数渦巻くフローレンシア家において、優秀であることが最も強固に自らを確立させるのだとレインは知っていたから。母親に言われるまでもなく、レインはリリィに……いや誰にも負ける気などさらさらないのである。

（ふふん、やっぱり私はユウシュウなんだわ）

教室を見渡せば、手を挙げている人は極僅か。その事実が更にレインを気持ちよくさせる。これでこそ家の図書室で魔法書を読み漁った甲斐《かい》があるというものだった。お陰様で近頃は寝不足の日々が続いたものの、レインにとってそれは必要経費。優秀である為ならあらゆる努力を惜しまないその性質は、奇《く》しくも母親が『魔法書の虫』と揶揄《やゆ》していたジークリンデにそっくりでもあった。

「さてさて、それじゃぱぱっとやっちゃおうかねえ。『まだ』の人は先生に付いておいで」

そう言って教室から出ていくエスメラルダに大半の生徒が付いていった為、教室は静寂に包まれる。

「まって〜りりーもいくー！」

リリィは話を聞いていなかったのか、一足遅れて慌てて教室から出ていこうとし――

「ちょっと、あなたは大丈夫でしょ！」

「!?」

――レインはつい声を掛けてしまう。

「今は魔力を出せない人が魔力を出せるようにするじかんよ」

「あ、りりーまほーだせる！」

「でしょ？　だからあなたは教室でまってればいいのよ」

「わかった……ありがと！　えっと……」

「レインよ」

「れいん！　わたしはりりーです！」

『わたしはりりーです！』……それは自己紹介用にヴァイスが仕込んだ台詞《せりふ》だった。何度も練習したのですらすらと言うことが出来た。

「知ってるわ。ほら、静かにまってましょ？」

「はーい！」

リリィは自分の席まで戻ると、よじよじと椅子に上る。それを見てレインは「どうしてママはリリィに負けるななんて……」と答えの出ない疑問をぶり返すのだった。

□

一年一組は熱狂に包まれていた。

「すげー！　なんかさ、手からぶぉわーって出たんだよ！」

「ぼくもぼくも！　これが『まりょく』なんだね！」

「これでわたしもまほうつかいなのね…………！」

通常、クラス全員が魔力を放出出来るようになるまでは一週間程度かかる。魔力を知覚させるというのは決して難しくはないが、人によって感覚が違う為それなりに時間を必要とする作業だからだ。だが、エスメラルダは一時間足らずでクラス全員の魔力開通を終えてしまった。彼女が帝都きっての才媛と呼称される所以《ゆえん》である。

「ヒッヒッ、騒ぐんじゃないよお前達。お前達はまだ魔法使いへの第一歩を踏み出したに過ぎないんだからね。それと…………むやみやたらに魔力を出すんじゃないよ。最悪、『死ぬ』からねえ、ヒッヒッ…………」

「!?」

当たり前に死を口にするエスメラルダに教室が一瞬で静まり返る。お互いに魔力を浴びせ合っていたお調子者の子供達は、身を震わせてエスメラルダに駆け寄った。

「せんせえ、おれいっぱい出しちゃった…………！」

「ぼ、ぼくも…………！　どうしよう!?」

騒然とする教室の中、リリィも自分の机で深く頷いていた。帝都近くの森にピクニックに行った際、魔力を使いすぎて倒れてしまったことを思い出したのだ（ヴァイス的には魔法の練習の為の冒険だったが、リリィの頭の中ではピクニックに置き換わっていた）。あの後、リリィはぱぱに心配をかけまいと固く心に誓ったのだった。

「ヒェヒェ、安心しな。それくらいじゃ死にやしないよ。ただ…………私の見てない所で勝手に魔法を使うような悪ガキはコロッと逝っちまうかもしれないねえ」

「ひぃぃィイ…………!!」

「!?　りりー、しにたくない…………！」

それはまだ分別のつかない子供達が魔法で誰かを怪我《けが》させたりしないようにする為の常套句《じょうとうく》だったのだが、子供達はエスメラルダの言葉を真に受けて震えあがった。実際に気を失ったことがあるリリィなど涙を浮かべて怖がっていたが、ただ一人レインだけはそれを嘘と見抜いていた。

（なによこの子、泣いちゃってるじゃない。あんなのうそに決まってるのに）

子供騙《こどもだま》しにまんまと引っ掛かるリリィを見て呆《あき》れるレイン。

レインの目にはリリィは歳の離れた子供のようにしか映らない。背も低ければ話し方も子供っぽいのだから、そう思うのも仕方のないことではあるが。

（私がこの子に負ける…………？　ありえないわね、そんなこと）

確かにエルフは魔法に優れていると聞いたことがあるけれど、だからと言って全員が優秀という訳ではないだろう。リリィはきっと優秀じゃない方のエルフなのだ。そう結論付けたレインはリリィから視線を切り、騒ぐ他の子達を見る気にもなれず、ため息を一つ吐いて窓の外を見た。

同級生が先生の嘘に震えあがる中、私だけはこの空の青さを知っているのだ――――そんなことを想いふけるレインの耳に、衝撃的な言葉が飛び込んできた。

「さぁて――――それじゃあ魔法使いになった所で、早速冒険に行こうじゃないか」

「ぼーけん!?」

リリィとレインの声がシンクロする。他の子供達もさっきまでの恐怖を忘れ、ワクワク満載の言葉に目を光らせていた。

「実はね、帝都の近くにおっきな森があるんだよ。そこで実地訓練といこうじゃないか」

「え、うそでしょ…………? さっそくじっせんってわけ!?」

流石のレインもこれには及び腰になる。母親のメディチから、暫くは魔法の基礎を学んだり初級魔法練習をするはずと聞いていたからだ。いきなり魔物と戦うなど全く想定もしていなかった。

「そういうことになるさね。大丈夫、死にやしないよ。あそこの森は低級の魔物しかいないからね」

「で、でも……まだ皆魔法も使えないんじゃ」

「それを使えるようにする為の冒険さね。いいかい？ 生き物は命の危険を感じた時に一番成長するんだよ？」

「命のきけんって言ってるし…………」

レインの脳裏に一つのエピソードが浮かぶ。それは担任がエスメラルダだと知った母から聞いた、嘘みたいな話。

――――『エスメラルダ先生はね、昔授業で森を燃やし尽くしたことがあるらしいわよ』

（あの話は本当だったんだわ………ど、どうしよう………）

不安になるレイン。さっきまではしゃいでいた多くの生徒も、今のエスメラルダの話を聞いて不安な表情を浮かべていた。

そんな中、明るい声が教室に響く。

「せんせえ、ぽよぽよあえる？」

「ぽよぽよ？」

エスメラルダはリリィに視線を向ける。

「あのね、ぽよぽよしてて、ぽよーんってあるくの！」

リリィは机の上で小さな手を一生懸命跳ねさせる。その動きが近くの森に生息するスライムに似ていた為、エスメラルダはぽよぽよの正体を掴むことが出来た。

「ああ――――沢山会えるよ。いっぱい遊んで貰うといい」

「やった！　りりーぼーけんいく！」

（こ、この子………魔物がこわくないっていうの!?　わ、私だって………！）

「せ、先生。早くいきましょう？」

同時に椅子から立ち上がるリリィとレイン。二人に釣られるように、他の生徒も十人十色の反応を見せながら立ち上がるのだった。

□

ナスターシャ魔法学校一年一組の生徒達を乗せた大型魔法車の車内は重苦しい雰囲気に包まれていた。この前まで常にお母さんお父さんと一緒に生活していた彼らの殆どは、まだ一度も帝都の外に出たことがない。従って魔物を見た経験が全くなかったからだ。

今、彼らの頭の中にあるのは凶悪なドラゴンや大型の獣と相対する自分の姿。生き残れる可能性は完全にゼロ。沈痛な雰囲気になるのは至極当然と言えた。実際はぴょんぴょん跳ねる小さなスライムがいるだけなのだが。

「うう……おかあさん……」

「ま、まものってあのまものよね……！」

「こわいよぉ……」

「ぽよぽよ〜、ぽよぽよ〜」

すすり泣きの交じる車内に、軽快な歌声がひとつ。声の主であるリリィは車内の一番前の席に陣取って今か今かと到着を待っていた。まるでピクニックにでも行くかのような気軽さに周りの生徒達はざわつき始めるが、リリィの認識もそれだった。

「リリィちゃん、まものがこわくないの……？」

「あいつ、なんかすごいやつなのか……？」

「そういえば一人だけぼうしかぶってるし………」

「ふんふんふ〜ん」

うきうきのリリィは周囲の噂話に気付かない。リリィの頭の中にあるのは、自宅のリビングでくまたんと遊ぶぽよぽよの姿。どうにかぽよぽよを連れて帰りたいリリィだったが、実はくまたんことエンジェルベアはスライムを捕食しうることを彼女は知らなかった。

(魔物とたたかう………どうすればいいのかしら)

レインはそんなリリィの様子を隣で眺めながら、自らの内に生まれる恐怖を押さえつけ、思考を巡らせる。たとえどんなに突拍子のない授業であっても、それが授業であるのなら上手くやる。優秀であることを義務付けられたレインに選択肢はないのだった。

(さすがに、いきなり魔物の前に放り出されることはないでしょうけれど………)

そう考えるレインの予想は的を射ていた。

あくまで常識の範囲内に限れば。

□

「よーし、じゃあ各自てきとーに遊んでおいで」

エスメラルダは森に到着すると、程度の良い切り株に腰かけてそう言った。もうすっかり「生徒達には興味なし」といった様子に、子供達は狼狽《ろうばい》して詰め寄る。

「せんせい！　まほうは!?」

「まものとたたかうなんてむりだよ！」

泣きべそをかく子供達に対しエスメラルダは眉一つ動かさない。

「誰も戦えなんて言ってないよ？　遊んでくればいいのさ。あの子みたいにね」

「あの子？」

エスメラルダが指で示した先では、小さいリリィの背中が森の奥に消えていく所だった。リリィは森に着くや否やスライム探しの旅に駆け出していたのだ。

「ちょっとリリィちゃん!?　あぶないわよ!?」

「あいつ、マジかよ………」

「この森には危険な魔物はいないからね。安心して遊んでくるといい。それこそピクニック感覚でね」

実は、エスメラルダは最初から魔法の練習をするつもりなどなかったのだ。子供達に魔物と触れ合う機会を与えようというそれだけの行動だった。勘違いさせるような言動を取ったのは元々のひねくれた性格のせいというほかないが。

ピクニック感覚、という言葉に子供達はお互い視線を合わせる。

どうする。大丈夫なのかな。行ってみようかな。一緒に行かない？

そんなやり取りを目線だけで交換する。だが、初めて帝都の高い壁の外に出た彼らはなかなか行動に移れない。そんな中、森の奥から楽しげな声がこだまする。

「ぽよぽよだ〜！　あそぼ〜！」

その声が合図だった。子供達は誰からともなくじりじりと足を動かすと、少しずつ森の奥に足を踏み入れていく。

……………楽しげな声がそこら中から聞こえてくるのにそう時間は掛からなかった。子供達は色とりどりのスライムを見つけると、追いかけたり、逆に追いかけられたりしながら笑みを零《こぼ》す。魔法がどうとか、そういったことは全く頭の中から抜け落ちていた。

（やっぱりいいもんだねえ、子供ってのは。心が真っ白で）

エスメラルダは目を細めて、ぼんやりと森の奥に視線をやった。

エスメラルダは魔物を外敵ではなく、共生する存在と考えている。子供達には魔法を覚えるより先に、魔物という存在を近くに感じて欲しかった。そして、その上で「生きる為には魔物を殺さなければならない」ことを教えるつもりだった。魔物を一方的に敵と見なして、何の罪悪感もなしに攻撃することは正しい精神の在り方ではない。そういうことをエスメラルダは伝えたいのだ。

（……………あいつは、そういうことをちゃんと教えているのかねえ）

エスメラルダの頭の中にあるのは、最近ひょんなことから親になったとある男のことだった。自称スパルタのその男は見かけによらず娘を溺愛している為、娘は魔物を攻撃するなんてもっての外という性格に育っていることを、エスメラルダはまだ知らない。

□

鬱蒼《うっそう》とした森の中。スライム発見隊隊長のリリィは、きょろきょろと辺りを見回しながら歩いていた。折角発見したブルースライムは、リリィを見るなり森の奥に逃げてしまったのだ。

「ぽよぽよ～、でておいで～？」

必死に呼びかけながら森の中を進むも成果はない。それもそのはずで、スライムは基本的に友好的な魔物ではないのだ。いくらリリィに敵意がなくても、食物連鎖の最下層に位置するスライムにとってリリィは危険な相手に他ならない。事実、リリィはスライムを家に連れて帰ろうとしていた。

「でてこない………あ！」

リリィは切り株に腰を下ろし、ポケットをガサゴソと漁り始める。ポケットから出てきたのはカラフルなお菓子の包み。おやつに食べようと持ってきていたが（校則違反）、名案を思いついたのだ。

「えっと、これをこーして………」

リリィはそこかしこから落ち葉を集めると、その上にお菓子を置いた。そして、自らは木陰に身を隠す。名付けて「お菓子でおびき寄せ作戦」。

（ぽよぽよ、おかしたべるかな？　くまたんはたべるけど………）

ワクワクしながらお菓子を見つめるリリィ。ぽよぽよに出てきて欲しいし、出てきて欲しくない気もした。出てこなかったらお菓子を自分で食べられるから。ちょっとだけ待って出てこなかったら、拾って食べるつもりだった。ヴァイスが見たら慌てて止めそうだが、流石の過保護ヴァイスもここにはいない。

「…………あっ」

声を出しそうになって、慌てて口を押さえるリリィ。リリィの視線の先では、ブルースライムがぴょこぴょことお菓子の近くを歩いていた。お菓子に気が付いて近付いている様子だった。

(わくわく…………)

リリィは木の陰からひょこっと顔だけを出しながら、手足に力を込める。ぽよぽよがお菓子に食いついた瞬間に飛び掛かるつもりだった。お菓子に夢中になっている時なら捕まえられるだろう、というのがリリィの思いついた作戦である。

(…………?)

スライムは初めて見るお菓子が気になるようで、ぴょこぴょこと周囲を跳ね歩く。ここで少しばかりの警戒心があれば良かったのだが、生憎《あいにく》スライムは頭が悪すぎてペットにすら向かない悲しい魔物。焼き菓子特有の濃厚なバターの匂いに釣られ、勢いよくお菓子にダイブした。

——その瞬間。

「とーっ！」

「!?」

突撃する青い稲妻。またの名をスライム発見隊隊長リリィ・フレンベルグ。スライムに倒れ込む形になったリリィの身体はぽよんと跳ね、スライムを巻き込みながら草原に転がった。

「つかまえたー！」

リリィの両手にはがっしりとスライムが抱えられていた。何が起きたか分からないスライムは驚きの表情を浮かべている。

「あっ！」

リリィは地面に視線をやったかと思えば、さっと手を伸ばす。そこにはスライムが食べ残したお菓子が転がっていた。何の躊躇《ちゅうちょ》もなく拾い上げ、口に運ぶ。

「もぐもぐ………」

お菓子を食べるリリィは満面の笑み。スライムを捕まえ、お菓子も食べられた。まさに二兎《にと》を得た形に大満足のリリィは、急いでエスメラルダの元に踵を返すのだった。

□

「せんせ～！　ぽよぽよつかまえた～！」

リリィはエスメラルダの元に戻ってくると、腕の中のブルースライムを見せびらかすように差し出した。作戦がピタリとハマって捕まえられたのでリリィはとってもいい気分だった。

「おお、凄いじゃないか」

言いながら、エスメラルダはスライムよりリリィが身に纏っているローブが気になっていた。リリィのローブは何故か草まみれだったのだ。恐らく地面を転がったのだろう。ちょっとやそっとで綻ぶように作った覚えはないが、それでも自作のローブの出来が気になる所だった。

（…………見た所大丈夫そうだね。流石にクリスタル・ドラゴンの素材を使ってるだけはある）

エスメラルダがホッと一息ついていると、周りには子供達が集まっていた。森の奥に行くのを怖がって先生の周りで遊んでいた生徒達が、初めて見るスライムに吸い寄せられるようにリリィを取り囲んでいた。

「リリィちゃん、それなぁに？」

「ぽよぽよだよ！」

「ぽよぽよ？」

「ブルースライムさね。立派な魔物だよ」

「まものっ!?」

エスメラルダの言葉にさっ、と距離を取る子供達。リリィは「なんで？」と言わんばかりに首を傾げる。

「人間より遥かに弱い魔物だから大丈夫さね。触っても問題ないよ。リリィちゃん、ちょっと貸してくれるかい」

エスメラルダはリリィからスライムを受け取ると、膝の上で優しく撫でる。すると、自分より遥かに大きな生き物に囲まれ涙目で怯《おび》えていたスライムは、途端に穏やかな表情を浮かべ目を閉じた。

少しのことしか覚えられないスライムはこの一瞬で恐怖を忘れたのだ。

「りりーもなでるー！」

そっとスライムを撫でるリリィ。くまたんとよく遊んでいるので優しい触り方は得意だった。スライムは気持ちよさそうにふにゃ、と身を柔らかくした。

「わ、わたしもなでてみよっかな………」

「おれもさわる！」

害がなさそうなスライムの様子に、おっかなびっくり近付く子供達。小さな手がそっと青い身体に触れ、少しだけ身に沈む。

「ひんやりしてるね」

「きもちいーかも」

「なんかかわいく見えてきたなー」

初めて魔物と触れ合って思い思いの感想を口にする子供達に、エスメラルダは満足げに目を細めた。下級生の担当になるなら、魔法を教えるだけではなくこういう経験をさせたかったのだ。

「リリィちゃん、ありがとねえ」

「？」

どうしてお礼を言われたのか分からないリリィは首を傾げる。先生の周りで遊んでいた組とリリィは暫くの間、まったりとした時間を過ごしたのだった。

□

「さあ、かくごしなさい！」

「…………！」

一方、レインは森の奥で別のブルースライムを追い詰めていた。スライムは涙目で逃走を図るが、身体の端を踏まれている為びよーんと伸びては戻ってを繰り返す。絶体絶命の大ピンチだ。

「えっと、まずは魔法陣をイメージして………」

レインは家の図書室で読んだ魔法書の内容を思い出しながら、足元のスライムに手を伸ばす。集中して手に魔力を込めると、ぼわ………と淡い光を放ちながら黄色い魔法陣が現れた。魔法陣はゆらゆらと炎のように揺れ、なかなか安定しない。

「うーん………やっぱり一回でうまくはいかないわね」

魔法陣を空間に固着させるには魔力を一定の強さで魔法陣に伝えなければならないのだが、レインの読んだ魔法書はただ魔法陣の内容が書いてあるだけで、そういったコツのようなものは書いていなかった。だから家で練習した時もなかなか上手くいかず、レインは何度もやり直してやっと魔法陣を浮かべることが出来たのだった。一発で魔法陣を出せるようにするのがレインの今の目標だ。

「なんかこんなかんじでやるとうまくいくのよね………」

レインはじーっと魔法陣を見つめ、じっくりと魔力を流していく。すると魔法陣の揺れは少しずつ収まり始め、やがて完全に停止した。魔法陣の向こう側ではスライムが滝のような涙を流してレインを見つめているが、レインは気付かない。悲しいくらい一方通行の命乞いだった。

「よし、あとは魔力をこめれば…………！」

魔法陣が強い光を放つ。レインの魔力は魔法陣を通して雷に姿を変え、スライムに突き刺さった。

「…………！」

ぷすぷす、と煙を上げて地面に溶けていくスライム。レインの込めた魔力は決して多くはなかったが、雷魔法だったのが災いし水属性のブルースライムはその生命を儚《はかな》く散らした。

「やったわ！　私、魔物をたおしちゃったわ！」

声をあげ喜ぶレイン。日々の勉強の成果を実感出来たレインは、スライムハンターにジョブチェンジし森の奥へと歩を進めるのだった。

□

一年一組の生徒達を乗せた魔法車は、行きより一匹だけ多く生き物を運んでいた。リリィの膝の上で眠るブルースライムだ。話し合いの結果、このスライムは一年一組の新しい仲間になったのだ。ニックネームは発見者のリリィ発案の「ぽよぽよ」。教室に戻ったら世話をする「ぽよぽよ係」を決める手はずになっている。

「ぽよぽよ～ぷるぷるぽよぽよ～」

さわさわとスライムの表面を撫でながらリリィは謎の歌を歌う。その隣ではお疲れモードのレインが寝息を立てていた。レインはあの後三匹のスライムを倒すことに成功していた。

「リリィちゃん、私にもぽよぽよさわらせて？」

「いーよー」

リリィは近くの女子生徒にスライムを渡す。渡された女子生徒はゆっくりとスライムを撫で、笑みを零した。エスメラルダの授業は大成功を収めたと言っていいだろう。

その後もスライムを触りたい生徒達によってスライムは車内を縦横無尽に回され、学校に戻った時には触られすぎてほかほかに温まったスライムが完成していた。

「…………？」

教室に放されたぽよぽよは訳も分からず飛び跳ねる。人間への恐怖心は既になくなっていたが、この急激な状況変化はスライムの頭では全く対応出来ないのだ。結局スライムは教室の隅まで移動すると、角を埋めるように身体を押し付けて眠りについた。

「…………どうしてスライムが教室にいるのよ」

話の流れを理解していなかったレインは呆れたように呟く。エスメラルダがそれに気付き、言う。

「あのスライムはこれからこのクラスの新しい仲間だよ」

「なかま？」

「友達、ともいうかもねえ」

「友だち、ねえ…………」

既にその友達とやらを四匹も倒したレインには、スライムを飼うことで盛り上がっているクラスメイト達が物凄く子供に思えるのだった。何だか自分だけ大人の階段を上ったような気持ちになり、それはそれで悪くはなかったが。

「ま、私はスライムの世話なんかしませんから。やりたい人でやってくださいね」

スライムなんかに興味ありません、とそっぽを向くレイン。その隣ではリリィが椅子から飛び降り、スライムの元に走っていた。

「ぽよぽよ、ごはんだよー」

机の中にしまっていたお菓子をぽよぽよの前に置くリリィ。それはお昼に自分で食べようと取っていたお気に入りのお菓子だったが、心優しいリリィはぽよぽよにあげることを選んだのだ。

「リリィちゃん、それは何だい？」

「りりーのおきにいりのおかし！」

「お菓子を持ってくるのは校則違反だよ」

「――――――ッ!?」

絶望に顔を染めるリリィ。その足元では、匂いに釣られ目を覚ましたぽよぽよが美味しそうにお菓子を食べ始めるのだった。

◆

「なるほど。それでそのスライムはどうしたんだ？」

「うんとね、ぽよぽよはみんなでかうことになった！」

「飼う…………？」

「あ、ちゃんとかえるときりりーのつくえにしまったよ」

「机に…………？」

「ふまれちゃいそうになったから、りりーのつくえにしまったんだー」

ソファに座ってジュースを飲みながら、何てことないようにリリィは言う。確かにスライムは柔らかいから机の中にでも入るだろうが、平たくなって収納されているスライムを想像するとなかなかにシュールだ。

「…………それにしても先生、下級生相手でも容赦なしか」

どうやらエスメラルダ先生は魔法を使えない子供達をいきなり森に連れて行ったらしい。その上魔物を持ち帰ってクラスのペットにしたと。他の先生がやれば間違いなく保護者からクレームが出そうなもんだが、それがエスメラルダ先生となると誰も何も言えなくなるのが帝都の実情。未だに帝都を代表する魔法使いなのは言うまでもないからな。

「で、スライムの餌はどうしたんだ？」

ブルースライムの主食は草や木の実。森の中にいる分には困らないだろうが、人里で飼うとなると色々と面倒くさそうだ。

「それはね、りりーのおかしを…………あっ！」

リリィは何かを言いかけて慌てて口を押さえた。今、お菓子って言ったか…………？

「なあリリィ、今――――」

「り、りりーねむいかも！　おやすみなさ〜い！」

しゅたたたーと自分の部屋に走り去るリリィ。怪しさ満点の態度に俺は確信する。

「…………あいつ、学校にお菓子持って行ったな…………？」

お菓子箱を確認するとクッキーの包みがいくつかなくなっていた。確か近くのパン屋で売ってるやつで、最近リリィが気に入っていたお菓子だったはず。

「うーん…………どうしたもんか」

リリィの部屋のドアに視線を向けながら、俺は思考を巡らせる。

お菓子を持って行ってしまったこと自体を怒るつもりはない。恐らくリリィはそれが校則違反だと知らなかったんだろう。それ自体は仕方のないことだ。あの様子から察するに先生に見つかって叱られ、それで初めて違反を知ったんだろう。

だが…………それを正直に言わないのは頂けない。別に「校則違反」なんて気にするほどのことでもないんだ。知らなくて持って行っちゃったんだよははは、で終わりの話。隠されなければ怒るつもりもなかった。だけど誤魔化すなら話は変わってくる。

「…………リリィも俺に隠し事をする年齢になったか」

俺も親に色々隠してきたから気持ちは分かるけどな。子供の成長っていうなら寧ろそれが普通な気もするし。だが、それが子供の普通なように、隠し事に気が付いたら怒るのが親の普通でもあると俺は思うんだよ。

「────リリィ」

扉をノックして、声を掛ける。

「…………」

「リリィ、学校にお菓子持って行ったのか？」

扉の向こうから返事はない。だが、起きているのは気配で分かっていた。

「…………リリィ、今なら怒らないぞ？」

優しく声を掛けると、部屋の中からごそごそと物音が聞こえた。小さな足音が扉の前までやってくる。

「ほんと…………？」

不安そうな小さい声が扉越しに耳朶を打つ。

「ああ。正直に教えてくれたらな」

「…………」

リリィが息を呑《の》むのが分かった。

「…………えっとね…………りりー、がっこーでおかしたべようとおもって…………」

「ああ」

「それでね……せんせーに『いはんだよ』っていわれて……おこられた……」

「なるほどな。ちゃんと謝ったか？」

「うん……ごめんなさいぱぱ……りりー……おかしだめってわかんなかったの……」

「よく正直に話してくれたな。偉いぞ、リリィ」

俺は扉を開ける。リリィの顔は涙でびしょびしょになっていた。校則違反と言われて、とんでもないことをしてしまったと思っていたんだろうな。

「ぐずっ……ぱぱごめんなさい……」

リリィの前にしゃがむと、リリィは勢いよく俺の胸に飛び込んできた。ホッとしたのか、本格的に泣き始める。

「よしよし、怖かったな。ちゃんと言えて偉いぞリリィ」

ゆっくりと頭を撫でながら、俺はリリィの教育方針について考えていた。

……もしかして、俺はリリィを厳しく育てようとしすぎなんだろうか。

泣いているリリィを見ていると、どうしようもなく後悔が押し寄せてくる。リリィを泣かせてしまったのは俺ではないのか。世の親はどうやってこの罪悪感と闘っている？

両親に聞いてみようにも、俺は泣かない子供だったしどうせ分からないだろうな。

子育てに正解はない。俺の子育てが果たして厳しいのか、万が一にもないだろうが甘いのか、それは分からない。俺に出来ることは結局の所、しっかりとリリィと向き合っていくことだけなのかもしれない。

リリィが泣き止むのを待ち、俺は努めて優しく声を掛ける。

「…………リリィ、スライムの餌を取りに行かないか？」

「…………えさ…………？」

「ああ。スライムは木の実を食べるんだ。その辺になってる木の実を集めれば、明日学校でスライムにあげられるぞ」

「！　きのみとりにいく！」

リリィがパッと笑顔になる。その様子に、何故か俺の方がホッとしてしまった。

子育ては難しいな。

◆

俺達は家の周りを散歩しながら街路樹を見て回ることにした。少し先の木の下でぴょこぴょこと上を見上げているリリィが俺に向かって叫ぶ。

「ぱぱー！　このき、きのみないかもー！」

「そうか、じゃあ次だな」

「わかった〜！」

リリィは次の木に向けて走り出した。そうして次の木に到着すると、同じように上を見上げて確認する。さて、今度はどうかな…………。

「あ！　なんかある！」

「お」

リリィは上を指差すと木に抱き着いた。樹齢数十年はありそうな大きな樹木は、リリィに抱き着かれてもビクともしない。何をしているんだと思いながら歩いていると、リリィはその凸凹した木肌に足を掛け登ろうとし始めた。

「ちょっ、リリィ！　待て待て！」

リリィの足はなかなか引っ掛からず、ザリザリと木を蹴るような形になる。よしんば足が引っ掛かったとして手を掛けられる枝もないし、何より危なすぎる。俺は慌ててリリィに駆け寄った。

「〜〜っ、のぼれない〜！　…………およ？」

手足を精いっぱい広げて木に摑まろうとするリリィを後ろから持ち上げ、肩の上に乗せる。久しぶりの肩車にテンションが上がったのか、リリィは雄たけびをあげた。

「うぉ〜！　たかいたかい〜！」

「リリィ、これで木の実取れないか？」

俺が思い切りジャンプすれば垂れ下がっている枝に手が届きそうだったから、高さ的には問題なさそうだが…………。

「ほっ、やぁっ！」

ずん、ずん、という衝撃が肩に響く。肩車している関係で上の状況はよく分からないが、ざわざわと枝が揺れる音が聞こえるから枝に触ることが出来ていそうだ。

暫く天然の肩マッサージに寛いでいると、ぶちんっという音と共にリリィが後ろに大きく傾いた。咄嗟《とっさ》に足をぎゅっと摑んで支える。

「きのみとれた〜！　ぱぱ、みてみて！」

リリィが俺の顔の前に手を伸ばしてくる。その小さな手には細い枝が握られていて、端々には緑色の木の実がついていた。

「おお、大漁じゃないか。よくやったぞリリィ」

頭を撫でようと上に手を伸ばす。リリィは俺の意図を察したのか、俺の手に頭をくっつけてきた。遠慮なく撫でまわすと、リリィは気持ちよさそうに声を漏らした。

「えへへ…………ぱぱ、りりーえらい？」

「勿論だ。偉いぞリリィ」

「いひひ………」

リリィは嬉しそうに枝を振り回す。わんぱくに育ってくれて何よりだ。

それからは同じようにいくつも木を回り、日が暮れる頃にはリリィの両手とポケットは木の実でいっぱいになっていた。スライムがどれくらい食べるのかは分からないが、これだけあれば一週間は大丈夫だろう。

「きのみ〜たくさん〜〜きのみたくさん〜♪」

夕日を背にしながら家に向かう。沢山の木の実を抱えてリリィは肩の上で上機嫌だった。聞いたことのない音頭を歌っている。歌詞が『きのみ』と『たくさん』しかない謎の歌だ。

――――そんな時。

「…………ヴァイス。それにリリィちゃんも。何をやってるんだ？」

偶然にも道端でジークリンデに遭遇する。両手に枝を持ったリリィを見て怪訝そうな表情を浮かべている。服装から察するに仕事終わりだろうか。ゴツい魔法省の制服は着ているだけで疲れそうだ。

「じーくりんでおねーちゃん！」

「ジークリンデ。そっちこそ何やってるんだ？」

訊《き》いたものの、俺には察しがついていた。ジークリンデが歩いていた方向は俺達と同じだったからだ。それはフロイド家の本宅と逆方向であり、つまりは…………。

「私はあれだ、お前の家に行こうと思ってな」

「だろうな」

日課になりつつあるジークリンデの来訪。もううちに住んだ方が早いんじゃないかと思うが、厳しい家だから難しそうでもある。昔、一人暮らししようとしたら猛反対にあったらしいしな。

「それで、二人は何をやってたんだ？　随分ご機嫌そうだが」

「えっとね、きのみをしゅーかくしてたんだよ！」

「木の実…………？　学校の課題か何かか？」

「似たようなもんだ。エスメラルダ先生が相変わらずだったらしいぜ」

「先生が？　………早速何かやったのか？」

瞳の奥で不安を滲ませるジークリンデ。魔法学校の職員は全員が魔法省の所属になる関係で、先生が何かやらかせば自分の責任になりかねない。気が気じゃないんだろうな。

「安心しろ。お前が駆り出されるようなことじゃないさ――――今の所はな」

「何だその不安を煽る言い方は………」

「せ、せんせーはわるくないよ！　りりーがね、かいたいっていったんだよ！」

リリィが頭の上で騒ぎ出す。枝の先がぺしぺしと頭を叩いて少しチクっとした。

「かいたい………？　とりあえず続きは家で詳しく聞かせて貰おうか」

丁度家に到着した俺達はそこで一旦会話を打ち切った。話を聞いたジークリンデがどんな反応をするか、楽しみだな。

◆

「ほっ！　たぁっ！」

「きゅ〜」

リリィの投げた木の実がころころと敷物の上を転がる。するとくまたんがそれを追いかけ、食べる。

「いくよ～！」

「きゅ～！」

投げる。追いかける。食べる。投げる。追いかける。食べる。

リリィとくまたんは飽きる様子もなくそれを繰り返していた。楽しそうで何よりだが、スライムにあげる木の実がなくなってしまわないか少し心配だ。くまたんはいくらでも食べてしまいそうだしな。

「……………それで、話を聞かせて貰おうか」

そんな一人と一匹の様子をソファから横目で眺めていたジークリンデは、そう言って視線を俺に戻した。あのエスメラルダ先生が絡んでいることもあって顔が全く笑っていない…………と思ったがコイツはいつもこんな顔だった。

いつかコイツが心の底から笑った顔ってのを見てみたいもんだ。

「あのさ、下級生の授業で森に行っただろ。スライムを倒す授業。覚えてるか？」

俺とジークリンデは下級生の時は別のクラスだったが、あの授業は恐らく全てのクラスでやっているはず。記憶力のいいジークリンデなら覚えているんじゃないかと思ったが、ジークリンデはさも当然かのように首を縦に振った。昨日の夜飯を聞かれた時と全く同じ反応だ。

「三年生の課外授業だな。私が初めて魔物を倒したのもあの時だ…………懐かしいな」

ジークリンデは遠い過去の思い出に耽るように目を細めた――――今からとんでもない話が待っているとも知らずに。

「リリィな、授業で行ったらしいぞ。森」

「…………は？」

ジークリンデは訳が分からないという様子で俺を睨みつける。睨む相手は俺ではなくエスメラルダ先生だからな？

「今日行ったらしいんだよ。クラス全員で。…………リリィ、森は楽しかったか？」

リリィは呼ばれたことに気が付くと、目をキラキラ輝かせてこちらに駆け寄ってきた。

「たのしかった！　あのね、りりーがぽよぽよつかまえたんだよ！　こうやってね、ばっ、てつかまえたんだよ！」

言いながらソファにダイブするリリィ。リリィが捕まえたとは聞いていたが、なかなか荒っぽいやり方で捕まえたみたいだな…………あとで服に綻びがないか確認しておくか。

「そ、そうか…………ありがとう、リリィちゃん」

「どいたしまして」

ジークリンデは顔を青くしながら元気なく呟く。どうやら事の重大さが分かってきたみたいだな。

「エスメラルダ先生…………私達の頃から変わっていないようだな…………」

「な。まあ懐かしくはあるが」

可哀想なことに、ジークリンデは懐かしさに浸ってばかりいる訳にもいかないからな。何かあったら魔法省の責任になるのは間違いない。

「…………確か、下級生を帝都の外に連れ出すには事前に保護者の承諾が必要だったはずだ。ヴァイス、その辺りはどうだ？」

「全く。俺もリリィから聞いて知ったからな」

「はぁ…………明日、何もなければいいが…………」

「まあ大丈夫じゃないか？　エスメラルダ先生の名前に勝てる奴なんて、帝都にゃそういないだろ。お前だっているんだし」

魔法省にクレームを入れるということは、つまり魔法省長官補佐であり帝都を代表する名家フロイド家の一人娘ジークリンデ・フロイドと戦うということでもある。なかなかそんな勇気のある奴はいないと思うけどな。

…………つーか、冷静に考えて元からとんでもない権力を持ってるジークリンデが魔法省のトップ候補の座に収まってるのってヤバいよな。帝都の経済と政治がコイツの手のひらの上にあると言っても全く過言じゃない。まあ、コイツはそんなこと一切考えちゃいないだろうがな。そういう所が俺は気に入っている。

「だといいが…………いや、正当な批判は受けて然《しか》るべきだろう。学校側が我が子を危険に晒《さら》した訳だからな」

「危険って話なら万に一つもないと思うがな。あの森だし、付いてるのがエスメラルダ先生だ」

「それはそうなんだが…………保護者が皆それを理解しているとは限らないからな」

ジークリンデは大きくため息をついて、珍しくソファの背もたれに体重を預けた。

…………いや、本当に珍しいな。コイツの背中は常に真っ直ぐなんだと思ってたが、どうやら俺と同じ構造をしているらしい。

「…………ジークリンデには悪いが、俺の話はまだ半分だった。ここからが本題なんだ。

「お疲れのとこ悪いが、まだあるんだよ。俺達が木の実を集めていた理由なんだがな」

「…………そうだった。あれは一体何をしていたんだ？」

ジークリンデは頭を動かすのも面倒なのか、視線だけをこちらに向けた。頼む、この衝撃に耐えてくれよ。

「リリィのクラスは教室でスライムを飼うことになったらしい。あの木の実はスライムの餌だ」

俺の言葉に、ジークリンデは頭をソファの縁に乗せ天を仰いだ。教室で魔物を飼うなんて前代未聞だからな、気持ちは痛いほど分かる。当事者のリリィがいなければきっと特大のため息が出ていたことだろう。

「――――ヴァイス」

妙にドスの利いた声で呼ばれ、ピリッと肌が反応する。

「何だ…………？」

「…………酒を飲ませてくれないか。無性に飲みたい気分なんだ」

◆

「ぱぱ、おやすみ～」

「おやすみ、リリィ」

リリィがベッドに入ったのを確認し、俺はジークリンデの待つソファに戻った。ジークリンデは既に相当飲んでいるようで、リビングには酒の匂いが充満している。リリィを風呂に入れる前から飲んでいたからもうかれこれ一時間以上飲み続けているはずだが、明日の仕事は大丈夫なんだろうか。

「ヴァイス、遅いぞ！」

「飲みすぎだバカ」

顔を真っ赤にして俺を指差すジークリンデを華麗にスルーし隣に座る。持ってきたグラスをテーブルに置くと、ジークリンデはゆらゆらと揺れながら酒をグラスに注いできた。たぷたぷに注がれたグラスを真顔で差し出してくる。

「ヴァイス、お前も飲め」

「何なんだ、一体………？」

この前も思ったが、コイツあまり酒強くないな…………ロレットの酒場に来たら真っ先に潰れるタイプだ。そんなことを思いながらグラスに口をつけると、キツいアルコール臭が口内に広がった。

「うーん……イマイチだな」

一本一千ゼニーくらいの安酒だったから仕方ない所ではあるが、フロイド家の幻の酒を味わってしまった後だとどうしてもがっかり感は否めない。

「む、私の酒が不味《まず》いって言うのか!?」

「騒ぐな酔っ払い。リリィが起きちまうだろ」

歯を見せてこっちに食って掛かろうとするジークリンデを手で制しながらグラスを空にする。やっぱり不味いなこの酒。

「はあ………それにしても、大変なことになったものだ………」

ジークリンデはグラスをテーブルに置くと、がっくりと肩を落とした。気持ちの上げ下げが激しい奴だな。

「先生のことか？」

「そうだ………あのクラスにはメディチの娘もいる。何も言ってこなければいいが………」

エンジェルベアのローブの件といい、ワガママなフローレンシア家には魔法省も手を焼いているんだろう。ジークリンデの顔が全てを物語っていた。

それにあの娘………名前はレインといったか。気の強そうなタイプだったし、席もリリィの隣。衝突しなきゃいいが………。

「………いかんな。折角お前と飲んでるんだ、仕事の話は止めにしよう」

ジークリンデは首を振り、気合を入れ直すように頬を叩いた。俺としてはジークリンデの愚痴を聞いてやってもいい気分だったのだが、本人がそう言うなら拒否する理由もない。

「それなら少し聞きたいことがあるんだ。リリィの教育方針についてなんだが」

酔っ払い二人でする話でもないが、わざわざ時間を取ってするような話でもなかった。今くらいが丁度いいタイミングだろう。

「リリィちゃんの？」

ジークリンデの目つきが変わった。そもそもコイツはハイエルフの研究がしたくてここにいる訳だからな、リリィのこととなれば酔いも覚めるか。

「ああ。正直な意見を聞かせて欲しいんだが…………俺、厳しすぎだと思うか？」

「…………は？」

「いや、だから俺の子育てについてだよ。もう少し甘やかした方がいいのかと悩んでいてな」

ジークリンデは目をすがめ、まじまじと俺の顔を覗き込んでくる。何だその馬鹿を見るような目は。

「ヴァイス…………お前、それは私を笑わせようと言ってるのか？」

「どういうことだ。こっちは真剣に悩んでるんだ」

意図が分からず困惑する俺を見て、ジークリンデは呆れた様子でグラスに口をつけた。

「言わせて貰うがな…………ヴァイス、お前の子育てはハッキリ言って甘すぎるぞ」

「何だと…………？」

俺の子育てが甘すぎる…………？

「どういう意味だそれは。俺はリリィを相当厳しく育てているつもりだぞ」

おやつの個数も決めているし、くまたんの世話だってリリィがちゃんとやってくれている。これ以上何を厳しくしろと言うのか。

それを言ってみたものの、なんとジークリンデは鼻で笑ってきた。

「そんなのは当たり前だ。あのエンジェルベアだってリリィちゃんが飼いたいと言い出したんだろう」

「エンジェルベアじゃなくてくまたんな」

くまたんって呼ばないとリリィが怒るから気を付けてくれ。

「私がリリィちゃんくらいの歳の頃にはな、日々勉強や習い事に励んでいたぞ」

「それはお前が特殊なだけだ。俺なんてまともに勉強した記憶ないけどな」

「それはお前が特殊なだけだろう」

そう言ってジークリンデはグラスに残った酒を飲み干す。その口振りからは学生時代の成績で俺に負けた私怨が感じられたが、それくらいは受け止めてやるか。俺さえいなけりゃ間違いなく首席だっただろうからな。

「とにかく、お前の教育ではリリィちゃんが心配だ。宿題も含めて、勉強面は私が管理してやる」

「お、母親らしくなってきたじゃないか」

呼び方も「ジークリンデお姉ちゃん」に戻っていたし、リリィはまだジークリンデを母親だとは思ってないみたいだからな。ジークリンデにリリィの勉強を見て貰うのはいい案かもしれん。

「そ、そうか…………？　私も母親の自覚が出てきたのかもしれないな」

ジークリンデは俺の言葉に満足げに頷いた。グラスに酒を注ぐと、それを一気に飲み干す。結構飲んでるけど大丈夫なのか…………？

結局それからジークリンデは新しく酒を一本空け、そのままソファに突っ伏すように眠り込んでしまった。何度呼びかけても起きる気配はない。

「うーん…………ヴァイス…………」

「…………送るか」

別に泊めても構わないが、まだ夜中って訳でもない。うちのソファよりフロイド家の高級ベッドの方が疲れも取れるだろう。最近お疲れみたいだしな。

ジークリンデをおぶって外に出ると、夜風が良い感じに酔いを覚ましてくれる。夜の散歩もなかなかいいもんだな。

◆

重厚なドアの隣に据え付けられた呼び鈴を鳴らすと、程なくして若いメイドがドアから顔を出した。メイドは俺の背中で眠りこけているジークリンデに気が付くと、慌ててドアを開け俺達を中に招き入れた。燦々《さんさん》と光に満ちたエントランスに備え付けられている、魔法省の応接室にあったものより更に高級そうなソファにジークリンデを寝かせると、メイドが心配そうにジークリンデの傍に寄る。

「酔って寝てるだけだ。心配しなくていい」

「良かったあ…………送って頂きありがとうございました。あの…………ヴァイス様、ですよね？」

そう言って、メイドは物珍しそうな視線を俺に向ける。妙に微笑ましげな目を向けられている気がするのは果たして気のせいか。

「…………名乗った覚えはないんだがな」

ジークリンデの性格上、俺のことを誰かに話しているとは考えにくい。リリィがハイエルフだということは俺とジークリンデ、それとエスメラルダ先生しか知らないことであり、その上でわざわざリリィに注目が行くようなことを話す奴ではないだろう。

フロイド家の若いメイドが俺の名前を知っている理由が思いつかず、得体の知れない寒気が背筋を撫でていく。このメイドはどうしてそんなニンマリした笑顔で俺の顔を見るんだ。

若いメイドは人懐っこそうな笑みを浮かべながら、ぐいっと俺に顔を近付けてくる。猫のような大きな瞳が俺の前を通り過ぎ、耳元で止まった。

「…………あの、お嬢様のこと、よろしくお願いしますね」

「…………？」

耳元からすっと身を引いたメイドは、相変わらずの笑みを顔に張り付けて俺を真っ直ぐに見つめている。それは監視しているようでもあった。コイツ、一体何を知っている…………？

「なあ――――」

「さぁてと！　私はお嬢様を運ばなくっちゃ！」

メイドは機先を制すようにジークリンデを背負って歩いていこうとする。俺は慌ててその背中を捕まえた。

「重いだろう。俺が運ぶよ」

「ま！　ダメですよヴァイス様、お嬢様を重いなんて言っちゃ」

言いながらも、やはり重かったのか大人しくジークリンデの身柄を引き渡してくるメイド。まるで友人かのような物言いにツッコむ気すら失《う》せてくる。この前対応してくれたメイドはしっかりしていたと思うんだが、どうしてここまで勤務態度に差があるんだろうか。フロイド家は意外と緩いのかもしれない。

「ここがお嬢様の寝室です」

メイドに案内されるがままとてつもなく長い廊下を歩いていると、やっとジークリンデの寝室に辿り着いた。家が大きすぎるのも考えものだな、などと思いながら遠慮なく部屋に入ると、うちのリビングより広い豪華な部屋の奥に、天蓋付きのベッドが鎮座していた。

………コイツ、こんなお姫様みたいなベッドで寝てたのか。イメージと合わなすぎる。

「うーん…………むにゃ」

ベッドにジークリンデを寝かせると、ジークリンデは気持ちよさそうに寝息を立て始めた。慣れ親しんだベッドに辿り着いて、本格的に寝るモードに入ったようだ。

「ヴァイス様、ありがとうございました。あとは私がやっておきますね」

「ああ。済まないがよろしく頼む」

部屋から出ると、当然のようにメイドも付いてきた。見送りはいらないと言いたい所だったが、生憎迷わずに玄関まで辿り着ける自信もない。俺は大人しくメイドの後ろを歩くことにした。

「────そうだ、一つ聞きたいことがあるんだが」

「はて、何でしょう?」

「アイツは…………今日みたいなのは大丈夫なのか? この前もうちに泊まっていったが」

「あー…………」

俺の質問に、メイドは歯切れの悪い相づちを返してきた。それはもう答えを言っているようなものだったが、一応しっかりとした言葉を待つ。

「…………実は、あんまりよろしくないかもしれないですねえ…………。奥様はその辺り寛容なのですが、旦那様は今でもお嬢様のことを大切にしていらっしゃいますから…………先日、お嬢様が朝にお帰りになられた際も、珍しく口論していらっしゃる様子でした」

「…………そうだったのか」

この歳になっても自分の行動を指図されるとは、アイツも苦労してるな。名家に生まれた者の宿命と言えばそれまでかもしれないが。

「それなら、もうこういうのは止めた方が良さそうだな」

ジークリンデと飲むのが楽しくないとは言わないが、流石にフロイド家の当主を怒らせてまでとはいかない。こうしてメイドにも迷惑をかけてしまうし、ジークリンデの立場も悪くなってしまうだろう。

しかし、メイドはわざわざ俺の方に向き直ってまでそれを否定する。

「いえ、是非これからも遠慮なく、お嬢様を連れ出してあげてください」

メイドの真剣な眼差しには、さっきまでの緩い雰囲気は微塵《みじん》も感じられない。本気で言っているのは確か。

しかし、言っていることは意味不明だ。使用人が雇い主の意に反することをしているんだから。

「いいのか？　父親は怒ってるんだろ？」

「構いません。それは奥様の意思でもありますから。更に言えば…………メイド一同は何よりお嬢様の味方をすると決めていますので」

「…………また複雑な事情がありそうだな」

察するに「もう大人なんだから好きにさせてやれ」派の母親と「いくつになっても娘は娘だ」派の父親で対立しているってことだと思うが、一番意外だったのはメイド達がその二人ではなくジークリンデの味方だということだ。あの自分にも他人にも厳しいジークリンデがそこまで慕われていたとはな。

「そういうことですので。どうかこれからもお嬢様をよろしくお願いしますね」

最後に笑顔に戻ったメイドに見送られ、俺はフロイド家を後にした。

□

（ぽよぽよ、いるかな…………）

翌日、リリィは登校すると急いで自分の机の中を確かめた。帰る時にスライムをそこに収納した為だ。脱走していたらどうしようとリリィは不安で仕方なかったのだ。

「あっ！」

ぽよぽよはリリィの机の中で四角くなって眠っていた。ぴっちりハマっていたので自力では動けなかったのだ。最初こそ焦っていたぽよぽよだったが、持ち前の頭の悪さですっかりリラックスしていた。住めば都という言葉は机の中にも当てはまるらしい。

「んしょ、んしょ…………」

リリィはスライムを机から引っ張り出す。びよーんと伸びてすぽっと抜け出たスライムは、ぱちっと目を覚ますとリリィの手からぴょんと飛び跳ねて床に着地した。

「ぽよぽよ、ごはんだよー」

「？」

リリィはリュックから袋を取り出すと、そこから木の実を一つ取り出してスライムに差し出した。スライムは木の実に気が付くと勢いよくリリィの手に跳びついた。手のないスライムは顔からいくのがスタンダードスタイルだ。

「あははっ、くすぐったい！」

手ごと食べられたリリィは笑いながらもう片方の手でスライムを撫でる。ひんやりとした手触りについ何度も撫でていると、いつの間にか周りにはクラスメイトが集まっていた。

「リリィちゃん、なにやってるの？」

「えっとね、ぽよぽよのごはんもってきたの！」

「ごはん？」

「ぽよぽよ、きのみたべるってぱぱがいってた」

リリィは袋に入れた木の実をクラスメイト達に見せる。クラスメイト達は袋の中を確認すると、揃って口を開いた。

「リリィちゃん、わたしもたべさせていい？」

「おれもやりたい！」

「わ、わたしも………」

「いいよー！」

リリィは一人一人に木の実を手渡していく。受け取ったクラスメイト達が順番にぽよぽよの前に手を差し出すと、ぽよぽよは突然のご馳走タイムに飛び跳ねながら皆の手の上を移動していく。ブルースライムの朝ご飯としては木の実一つでも充分だったが、出された分だけ食べてしまうのがスライムという種族である。

（そーだ………！）

リリィはノートを一枚破くと、何かを書き始める。書き終わると、木の実の袋と一緒に教室後方の棚の上に置いた。そこにはこう書いてあった。

【ぽよぽよのごはん　きのみをひろったらいれてね】

木の実を皆でシェアしようというリリィの考えだった。この考えは皆に受け入れられ、一年一組の生徒は登下校中しきりに木の実を探すようになったという。

□

ハイエルフは非常に頭の良い種族である。リリィはすぐに言葉をマスターしたし、魔法陣だって一発で出せるようになった。

だが、頭が良いことと勉強が好きか嫌いかは全くの別問題である。そしてリリィは勉強があまり好きではないようだった。

（べんきょーおもしろくない…………りりー、おそとであそびたい…………）

エスメラルダによる初めてのまともな授業『火魔法初級編』、開始から五分後のことだった。周りの生徒が初めての魔法に瞳を輝かせる中、リリィは教科書ではなく、意味もなく教室を歩き回るぽよぽよを視線で追いかけていた。ぽよぽよと一緒にお外で遊んだらどんなに楽しいだろう、そう思わずにはいられない。

「────リリィちゃん。火魔法の魔法陣は何色になるかね？」

「!?」

急に名前を呼ばれ飛び跳ねるリリィ。慌てて教科書をめくるが、何を言われたか聞こえてすらいなかった。

「あわわわ……………えーっと、うんと…………」

いくら教科書を探しても、質問の答えは見つからない。何を訊かれているのか分からないのだから当然だ。

（どーしよ…………きーてなかった…………）

リリィは助けを求めるように隣に座るレインに視線を送るが、レインはそれに気が付いた上で教科書から目を動かさない。授業は真面目に聞くもの、と思っているレインにとってリリィは完全に自業自得。助ける気などさらさらなかった。

（いい気味ね。怒られちゃえ）

エスメラルダは困り果てたリリィを見ていやらしい笑みを浮かべる。授業を聞いていない子には容赦しないのがモットーだった。

「リリィちゃん、分からないかい？」

「え、えっと…………りりー、きーてなかった…………」

「あらら、それは大変だねえ」

聞いてなかったと白状しても教える気はないエスメラルダ。エスメラルダはリリィが集団生活に慣れていないことをヴァイスから聞いていたので、その辺りもしっかり教育するつもりだったのだ。あの甘やかし具合から察するにその辺りは手付かずだと確信していた。

（…………おや）

エスメラルダはリリィがもう少し反省してから教えるつもりだったのだが、その時教室のどこかから小さな声があがった。

「リリィちゃん、まほうじんの色だよ…………！」

「…………！」

声の主をきょろきょろと探すリリィ。一人の女子生徒がリリィに小さくピースサインを送っているのに気が付いたリリィは、涙目で頭を下げた。もう少しで泣いてしまう所だった。

（えーっと、ひまほーのまほーじんのいろは…………）

教科書をパラパラとめくるも見つからず、リリィはまた困り果てた。目にはまた涙が浮かぶ。

（あっ…………！）

涙がついに零れ落ちそうになったその瞬間、リリィは思い出した。火魔法は一度使ったことがあったと。パパとピクニックに行った時に使った魔法が確か火魔法だった。

あの時の魔法陣の色は――――。

「あかいろ！」

「正解。座っていいよリリィちゃん」

はふー、と大きなため息をついて着席するリリィを見て、エスメラルダは内心安心する。

（どうやら皆と仲良くなれてるみたいだねえ）

リリィは残りの時間、真面目に教科書とにらめっこしていた。エスメラルダの狙いはバッチリハマったと言っていいだろう。

◆

魔法の勉強は大きく分けて「座学」と「実技」の二つに分かれる。立派な魔法使いになるにはそのどちらも疎《おろそ》かにしてはいけないのだが、どうやらリリィは「座学」にはあまり興味がないようだった。まあ子供の頃から「勉強大好き!」なんて奴はそういないよな。俺もいくつになっても嫌いなままだったし気持ちは分かる。

「きょーは〜、くまたんとあそんだ〜」

リリィはソファに座りながら絵日記を書いていた。どうやら魔法学校の宿題………というか日課らしい。俺の時代はそんなのなかった気がするが、俺の記憶ほど当てにならないものもないからな。後でジークリンデに聞いてみるか。

「どれどれ………?」

ソファの後ろからリリィの手元を覗いてみる。絵と文字のスペースが半々になった専用の紙には、水色のお化けとピンク色のお化けが奇妙なポーズを取って絡み合っていた。あれは………リリィとくまたんだろうか。どうやら今の所リリィに絵のセンスはないようだった。

「こんなもんかな〜」

リリィは絵日記を見て満足そうに頷く。その横顔には一端の絵描きのような風格すら感じられたが、描かれているのは謎のお化け。下に書かれている「くまたんとあそんだよ」という言葉もいい味を出していた。

「あとは…………いったんきゅーけーしよ」

他にも宿題があるみたいだったが、余程やりたくないのかそれらはテーブルの隅っこに押しやられていた。リリィはだらんとソファに寝転ぶと、ゆっくりと目を閉じて寝る態勢に入った。学校から帰ってきてからさっきまで庭でくまたんと遊んでいたから疲れてしまったんだろうな。

「一年生ってどんなんやるんだっけな」

宿題のプリントを手に取ってみると、あまりの懐かしさにノスタルジックな気持ちに包まれる。懐かしすぎて涙が出そうだった。

『火魔法の魔法陣の色は？』

『魔法陣は何の為にある？』

今なら考えるまでもなく答えられる問題だが、当時の俺は結構苦戦していたのを思い出す。中級生辺りである程度真面目に勉強するようになったものの、それまでの俺は完全にバカだったからな。授業も全然聞いてなかったし。その辺りを考えるとリリィと血が繋がっていなくて本当に良かったと思う。俺の血を継いでいたら確実にそっち方面は終了していただろう。

「――――何を見ているんだ？」

背後から突然声を掛けられる。

が、入ってきたことには気配で気が付いていたから驚きはない。振り向くと、ジークリンデが物珍しそうな視線をプリントに送っていた。

「リリィの宿題だ。悪いが勉強方面は頼んだぞ」

「なるほど………」

プリントを手渡すと、ジークリンデは真剣な眼差しで紙面に視線を滑らせる。そこまで真面目になるような難易度でもないと思うけどな。

◆

「まず、魔法陣というのはその意味によっていくつかのセクションに分解することが可能だ。更に、用途に応じて特定のセクションのみを記述することも出来る。例えば魔法の速度を上げたい場合、加速の記述のみの魔法陣を重ねることで通常では到達不可能な速度まで達することが可能になるんだ。ここまでは大丈夫だろうか？」

「？？？？」

「そうか。ならば次に魔法陣の内容について、その特徴を踏まえた上でセクション毎《ごと》に解説する。今から話す内容は私が持参した魔法書『魔法陣組成概論』の３６４ページから詳しく書いてあるので、そこを見ながらだとより理解が深まると思う。ではまず属性セクションについてだが――」

「？？？？？？？」

………ジークリンデに先生を任せた過去の俺に言ってやりたい。

お前、人選を間違えてるぞ――と。

「ジークリンデ、待て。リリィの頭から煙が出てる。あと何言ってるか俺ですら分からん」

リリィはジークリンデが持ってきたアホみたいに分厚い魔法書に突っ伏しながら目を回していた。いきなり魔法学問の一番濃い部分を浴びせられてショックを受けているようだ。因みに俺も聞いているだけで頭がおかしくなりそうだった。俺は生粋の実践派だからな。

「まほー…………むずかし…………」

「大丈夫だぞリリィ。コイツがおかしいだけで、別にこんなこと覚えなくても立派な魔法使いになれるからな」

「何を言う、知識は力だぞ。何事もその仕組みを理解しているのといないのとでは成果に大きな開きがあるからな」

「そうかもしれないが限度っていうものがあるだろ。とりあえずこれに従って教えてやってくれよ」

俺はジークリンデが持ってきた分厚い魔法書を隅に押しやり、代わりにリリィの教科書をジークリンデに手渡した。ジークリンデはぱら、とページをめくると「情報が足りていない…………」と不満を漏らす。そりゃ初級編だからな。

「ぱぱ、りりーあそびたい」

「宿題を終わらせたら遊んでいいぞ」

「ぶー…………」

リリィは頰を膨らませてテーブルに墜落する。

…………こりゃ、学校に通わせるには少し早かったかなあ。リリィの年齢が分からないから何とも言えないが、周りとの体格差を見るに同い年とも思えないし。もう一年ゼニスでまったりとしても良かったのかもしれん。

俺が思い悩んでいると、教科書とにらめっこしていたジークリンデが自信満々な様子で顔を上げた。

「――教えるべき内容は理解した。リリィちゃん、楽しい勉強を再開しよう」

「たのしー？」

「ああ、絶対楽しいぞ」

リリィはその言葉に釣られて顔を上げると、ジークリンデの傍に移動して教科書を覗き込むようにする。こうして並んでいる所を見ると母と子に見えなくもない。そうなれるように俺も頑張らないとな。

◆

意外にもジークリンデの授業は聞きやすかった。まるで人が変わったかのような易しい説明に、リリィもすいすいと教科書の内容を飲み込んでいく。一体どんな魔法を使ったんだ？

「――その時、魔法陣はどうなる？」

「えっと…………おっきくなる？」

「正解だ。…………これなら暫く は授業で躓《つまず》くことはないだろう」

ふうと息をついてジークリンデが教科書を閉じると――事件が発生した。なんと隣に座っていたリリィがジークリンデに抱き着いたのだ。今までリリィはジークリンデに懐いている様子は見せていなかったのだが、この前の入学式や今日を経て「甘えていい人」だというくくりに入ったのかもしれない。

「じーくりんでおねーちゃん、べんきょーおしえてくれてありがとー」

「あ、ああ……！」

膝の上で甘えるリリィにたじたじのジークリンデ。教科書から離れた両手が行き場を失って宙を彷徨っていた。撫でてやれば喜ぶぞ。

「ほあー……べんきょーつかれた……」

「きゅー！」

ジークリンデの膝の上で丸くなるリリィ。何を嗅ぎつけたのかくまたんも部屋の隅から走ってくる。ソファに登りたそうにするくまたんを上げてやると、くまたんはジークリンデとリリィの隙間に潜り込んだ。なんだなんだ、大人気だなジークリンデ。

「こ、これは……何だ、どういうことだ……？」

「良かったなジークリンデ。人気者じゃないか」

「いや、そんなこと言われてもだな……」

ジークリンデは困ったように視線を彷徨わせる。目線で助けを求めてくるジークリンデに顎をしゃくってやると、宙を彷徨っていた両手がゆっくりとリリィとくまたんの上に着地した。パッと

見、立派な絵画にでもありそうな光景に見えなくもない。

タイトルは…………『母と子』ってとこか。謎の子熊が浮いちゃいるが。

◆

熟睡を始めたリリィとくまたんをベッドに運び、俺達はまったりとした時間を過ごしていた。

「あれはな、私が実際に受けた授業を思い出しながらやっていたんだ」

ジークリンデが急に下級生向けの授業を展開し始めた理由を聞いてみると、返ってきたのは衝撃的な答えだった。

「思い出しながらって…………下級生の授業をか？　二十年前だぞ」

「勿論全てを完璧に覚えている訳ではないがな。ある程度は覚えているぞ？」

「いやいや、ありえないだろ…………俺なんか上級生の記憶すらないんだが」

「それは単に聞いてなかっただけだろうな」

当たり前のように断ずるジークリンデ。どう考えてもおかしいのはジークリンデの方だと思うんだが、平然としているジークリンデの態度にだんだん自信がなくなってくる。もしかして俺の記憶力がなさすぎるのか…………？

「そういえば、私に借金をしていたことも忘れていたな。ガトリンを出禁になっていることも」

「うっ…………」

相変わらず痛い所を突いてくる。この調子だとまだまだ俺が忘れている失態がジークリンデの頭の中にありそうだな。

「…………ところで、リリィはどうだった？　ハイエルフの凄さは感じられたか？」

話を変えたいという狙いもあったが、単純に気になってもいた。上級魔法書によるとハイエルフは非常に優れた知能を持つ。現に、リリィは一年足らずで言葉を習得した。下級生用の教科書の内容など少し見ただけで覚えられそうなものだが。

ジークリンデは少し悩む素振りを見せた後、言う。

「…………どうだろうか。今の所特筆すべき所は感じられないな」

「本当か？　割と順調そうに見えたが」

「元々そこまで詰まるような単元ではないからな。少なくとも私が想像していた『一を聞いて十を知る』ような感じではなかった」

「そうか…………リリィ、あんまり勉強好きそうじゃなかったしなあ」

何事も好きではなかったり興味がなければ上達が遅いものだ。見る感じリリィは魔法そのものには興味があるようだが、座学の部分は嫌いみたいだからな。その辺りはまんま俺にそっくりではあるんだが…………。

…………と、すると。

「リリィはどうして喋《しゃべ》りたかったんだ…………？」

リリィが一年でここまで言葉を覚えたのは、つまりリリィが喋りたがっていたということになる。

少なくとも言葉を教えている時は嫌がる素振りは見せなかったし、絵本なども自発的に読もうとしていたように思う。

「どういうことだ？」

俺が漏らした呟きにジークリンデが反応する。

「リリィは全く喋れない状態から一年で言葉を覚えたんだ。勉強と違って嫌がる素振りも見せなかった。どうしてだろうと思ってな」

「…………はっ」

俺の言葉に、ジークリンデは乾いた笑いを漏らす。やれやれと呆れるようなジークリンデの態度の意図を俺は読めずにいた。

「何がおかしいんだ」

「やはりお前はお前だと思ってな。相変わらず鈍感な奴だ」

「俺が鈍感だと？　そんな自覚はないんだがな」

「だから鈍感だと言っている。リリィちゃんが言葉を覚えた理由など一つしかないだろう」

「何だ？　…………生きる為か？」

あの時のリリィは奴隷として酷い扱いを受けていたしな。生きる為に必死だったに違いない。

けれど――――ジークリンデが放った言葉は俺の予想していなかったものだった。

「リリィちゃんは…………お前と話したかったんじゃないのか？　自分を助けてくれたお前と」

「…………はっ」

今度は俺が乾いた笑いを漏らした。別にジークリンデの発言をバカにするつもりはないが、何となく斜に構えたくなったんだ。寝てる所にいきなり甘いチョコレートでも突っ込まれたような感覚に、思わず頬が緩む。

「…………そうだといいがな」

俺は努めて顔を引き締め、何てことない声色を作った。ジークリンデにニヤけ面を見られるなど死んでも御免だ。そもそも、こんなことで笑うような奴だと思われたくはない。

俺は親バカではないからな。

◆

魔法学校には数か月に一度、親が授業を参観出来る日が設定されている。

我が子が教室でどういう風に過ごしているのか。ちゃんと皆と仲良くやれているか。気になる親は多いようで、特に下級生のうちは殆どの親が参加する印象だ。うちの親も「来なくていい」と言ったのにも関わらず両親揃って来ていて、当時の俺は恥ずかしくて仕方なかった記憶がある。

◆

俺は教室にやってきていた。

少し先では楽しそうに授業を受けているリリィと、迷惑そうにこちらに視線を向けるエスメラルダ先生の姿がある。睨み返すと先生は呆れたようにため息をついて授業に戻った。俺を気にせず職務を全うしてくれ。

「…………」

透明化の魔法が使える俺に参観日など関係ない。子供だった俺は「どうしてわざわざ授業を聞きに来るんだ」と不思議で仕方がなかったが、今になってみると制止を振り切ってまでやってきた両親の気持ちも分かるというものだった。

――とにかく我が子が気になって仕方がない。

冷徹な俺ですらこう思うのだから、普通の性格をしている両親はきっと俺の様子が気になって夜も眠れない生活を送っていたんじゃないか。両親ももし透明化の魔法が使えたらこうして忍び込んでいたに違いない。

エスメラルダ先生はもう一度鋭い視線を俺に向けた後、諦めたように首を振って生徒達に向き直った。釣られてリリィに目を向けると、机の中からうにょーとスライムが伸び出ている。リリィはそれに気が付くとポケットから木の実を取り出し、スライムに食べさせた。どうやらちゃんと世話をしているらしい。

……ただ、ついでに自分も木の実を食べるのは止めような。それはあんまり美味しくないぞ。

ああほら、言わんこっちゃない。苦さにやられたリリィの頭がくらくらと揺れていた。

「ごほん…………さて。お前さん達、そろそろ魔法が使いたくなってきたんじゃないかね？」

「!?」

先生の一言で教室に激震が走る。そこかしこから歓声に似た騒ぎ声が起こり、さっきまで静かだった教室は一瞬にして祭りのような熱気に包まれた。リリィも両手を上げて嬉しそうにしているが、その隣で一人だけ落ち着いている生徒がいた。メディチの娘、レインだ。

「まったく………なにをさわいでるのかしら」

レインは制御不能に陥った教室を呆れたように眺めていた。普通はあれくらいの歳なら魔法と聞けば無条件にテンションが上がるものなんだが、あの様子を見るにどうやら既に魔法が使えるらしい。

試しに魔力感知を使ってみると、その予想は確信に変わる。レインの体内に流れる魔力は既に魔法使い特有の風格を備えていた。恐らく日常的に魔法を使用しているんだろう。流石は帝都を代表する名家、娘の教育も一流と見える。俺もフローレンシア家を見習ってリリィをビシバシと鍛えていかないといけないいな。

「その様子じゃどうやら聞くまでもないみたいだねえ。ほれ、付いてきな。お前さん達を今から魔法使いにしてやるさね」

そう言って教室から出ていく先生を、子供達が興奮した様子で追いかけていく。俺はその様子を最後尾から眺めることにした。

◆

言うまでもないことだが、魔法というものには危険が付き物だ。下級生が発する程度の魔法ですら場合によっては命に関わる。その為、魔法学校では魔法の練習は専用の場所で行うのがルールとなっていて、それ以外の場所での魔法の使用は基本的に禁止されている。

魔法の使用が許可されている場所は「修練室」という名前がついていて、俺達は第二十七修練室で赤く濁った大きな石を取り囲んでいた。成人男性の背丈ほどもあるその巨大な石は、まるで岩壁から切り取ってきたようにいびつな形を残しているのだが…………何故人の手によって加工されていないのか、その理由は石の持つ特異な性質が原因だった。

「この石はコーラル・クリスタルといってね。その特性は――――口で説明するより見せた方が早いかもしれないねえ」

石の傍に立っていた先生は、そう言うと流れるように手を空中で走らせた。その軌跡に沿うように小さな魔法陣がいくつも現れ、そこから発生した小さな電撃が絡み合いながら一筋の大きな雷になり――――コーラル・クリスタルに直撃した。

パァン、という破裂音と衝撃が修練室に響く。

「あっ！」

子供達のびっくりするような声は――――恐らく石の破損を予想してのもの。しかし、そこには少し違う現実が待っている。

「えっ、なんでなんで!?」

「まほー、どっかいっちゃった？」

「いしすげー！」

何事もなかったかのように鎮座しているコーラル・クリスタルに騒ぎ出す子供達。先生はそれを見て満足そうに頷く。

………オーバー気味なリアクションをしてくれる子供達の反応が新鮮なんだろうな。いつも仏頂面のジークリンデや真面目に授業を聞く気がなかった俺はさぞ可愛くなかっただろう。

「ヒッヒッ、これがコーラル・クリスタルの特性さね。コイツは魔法じゃ壊れないのさ。だからいくら魔法を練習しても問題ないって訳だねえ」

先生の説明は少しだけ間違っていた。

何故なら――――コーラル・クリスタルは魔法耐性が極めて高いというだけで、実際は魔法で壊すことが出来るんだ。実際に試して千万近いゼニーを払わされた俺が言うんだから間違いない。

□

(ついに、ついにこの時がきたわ………！)

皆がコーラル・クリスタルに目を奪われる中、修練室の隅っこでレインはほくそ笑んだ。

（ふふ、みんな私のユウシュウさにびっくりするわね…………！）

既に魔法の基礎を習い終えているレインが退屈な座学の授業にも真面目に耐えてきたのは、全て自分の実力を見せびらかせるこの瞬間の為。まだ満足に魔法陣すら描けない生徒達が殆どの中、既に基本属性全ての魔法を使える自分が最も優秀なのは火を見るよりも明らか。レインは早く自分の魔法を披露したくて仕方がなかったのだ。

そして――――その予想は『ほぼ』当たっていた。

「てやっ！　…………うーん、なかなかでない」

「まほーじんってどーやってだすんだっけ？」

そこかしこから聞こえるのは、魔法が出せず悪戦苦闘する子供達の声。その一つ一つがレインの心の痒《かゆ》い所を的確に刺激していく。これから華麗に魔法を披露してみせたら、一体私はどんな羨望の眼差しを向けられるだろう――――そう想像するだけで身体の芯が震えた。

レインは我慢出来ないとばかりに人の波をかき分け、クリスタルの正面に立つ。壮大な自然の息吹を感じさせる巨大なクリスタルも、今のレインには自らを引き立てる宝石のように感じられた。

「…………ふっ」

レインの手に握られているのは、S級素材『雷獣シルバー・ファングの頭骨』を使用した最高級の杖。レインは普段家で練習している時よりゆっくりと、わざとらしく手を正面に向ける。自信に満ちたその所作は、自然と教室中の目を惹《ひ》き付《つ》けた。それは愛しの娘しか眼中になかったヴァイスですら、つい一瞬だけ娘から目を離してしまうほどだった。

（…………よし）

レインが杖をクリスタルに向けると、ぼわ…………と魔法陣が出現する。それは小さな魔法陣ではあったが、まだ授業では習っていない『形状』の修飾も付与されていた。レインが近頃、夜通し練習していた『雷を槍《やり》の形状に変化させる』記述だ。それに気が付いたエスメラルダとヴァイスは僅かに目を見開いた。一年生のこの時期にそこまで出来る生徒は殆どいない。

（ああ…………なんて気持ちがいいのかしら！）

にわかに周囲がざわついていく。その殆どが自分を称《たた》える言葉だと知り、レインはえも言われぬ快感に包まれた。

レインが魔力を魔法陣に伝えていく。

魔法陣はレインの魔力を受け薄っすらと光り輝き――――やがて一本の小さな槍が出現した。雷で出来た槍に、子供達は大いに沸き立つ。

「おおー！」

「かっけー！」

（ふふん、やっと私の実力が分かったみたい…………ねっ！）

無数の黄色い声を浴びて満足したレインは、その槍を思い切りクリスタルに打ち付けた。轟音《ごうおん》をあげて槍はクリスタルに突撃していく。もしかしたら壊せるんじゃないか――――なんて考えもしたレインだったが、魔力で出来た雷の槍は、エスメラルダの説明通りクリスタルに衝突するや否や消滅してしまった。流石にそこまで甘くなかったか、とレインは内心毒づく。

満足げにクリスタルを眺めているレインに、エスメラルダは声を掛ける。

「――――レインちゃん、凄いじゃないか。形状変化は自分で勉強したのかい？」

「ええ、先生。これくらいならずっと前から出来ます」

魔法の形状変化はつい昨晩会得したばかりで、それもまだ槍の形しか出来たことのないレインだったが、つい見栄《みえ》を張ってそんなことを言ってしまう。

「そうなのかい。随分優秀じゃないか」

「ありがとうございます、先生」

帝都を代表する魔法使いであるエスメラルダから優秀だと言われ、心が充実するのを感じながらレインはクリスタルから離れた。

□

（なかなかちかづけない…………）

すぐにでも魔法を使いたいリリィだったが、皆より身体が小さいリリィはなかなかクリスタルに近付けずにいた。近付こうとしても、ぽんと身体で押し出されてしまうし、皆の背が邪魔をしてクリスタル付近がどうなっているかも掴めない。結局リリィが魔法を使う番になったのは、一通り皆が魔法を試した後のことだった。良くも悪くも、目立ってしまうトリである。

（やっとりりーのばんになった…………！）

リリィはとてとてとクリスタルに近寄ると、ぺた、と表面に触れてみる。ただ綺麗で触ってみたかっただけで特に理由はない行動だった。

一通り触って満足すると、リリィはクリスタルの正面に戻ることにした。くるっとクリスタルに向き直り、杖をびしっとクリスタルの方に向けた。

「きれーなつえ…………！」

「あのつえ、すげーよな………」

SSS級素材『クリスタル・ドラゴンの角』を使用したリリィの杖は、世界に二本とない幻の杖。授業で使ってからというもの子供達の間でリリィの杖は話題だった。リリィも自分の杖が何だか凄いものらしいと理解してからはこの杖を誇らしく思っていたし、自分にこの杖をくれたヴァイスに感謝していた。

（よーし、やってやれリリィ。思いっきりだぞ）

ヴァイスは教室の隅から娘の晴れ姿を見守っている。その拳は硬く握られていて、珍しく表情には余裕がない。仕事で誰かを暗殺する時より緊張していた。

「んん〜〜、むずむず………」

リリィは目を閉じ、ゆらゆらと小さく杖を彷徨わせる。頭の中でイメージするのは、身体の中を流れるむずむずを指先に集めること。

（…………よし、良い感じだ）

それはリリィの才能か、はたまたハイエルフの特徴か。イメージ通りにリリィの魔力が杖に集まっていく。杖の先に赤い魔法陣が出現し、ヴァイスは小さくガッツポーズした。今までで一番優秀だったレインの魔法陣より一回り大きい魔法陣だった。

（なんか…………いいかんじかも…………）

リリィはこの上なく集中出来ていた。目を閉じているリリィには魔法陣が出ているか確認出来なかったが、不思議と上手くいっている確信があった。杖に溜めている魔力を魔法陣に伝え、魔法が出るまでが完璧にイメージ出来たし、何ならクリスタルを破壊していた。それは少し前にレインがしていた想像と全く同じものだった。

リリィは身体に流れるむずむずを思いっきり全て杖に集めると、目を見開きそれを一気に放出した。

「…………たぁ――――っ!!!!」

◆

これは…………やっちまったな…………。

クリスタルと魔法が激突する衝撃の中に甲高い破砕音が混じっていることに気が付き、俺は諦観の境地に達し頭を下げた。頭の中では無数のゼニーが羽を生やして空に飛んでいく。コーラル・クリスタルの相場があの時より上がってなければいいんだが、魔石は全体的に高騰しているからな…………一体いくら弁償させられるか。

眼前に広がっているであろう景色を確信しながら恐る恐る顔を上げると、そこにはやはり俺の想像通りの景色が広がっていた。少し違うのは、粉々になったクリスタルの周りに、生徒を守るようにいくつもの魔法陣が敷いてあることだった。吹き飛んだクリスタルは先生が展開した防護壁にキャッチされ、無事に重力の下僕となった。

………生徒達に怪我がなくて良かった。咄嗟にあの枚数の防護壁を展開するとは、先生もまだまだ衰えていないな。

「わわっ、あわわわっ………！」

リリィはクリスタルの前で腰を抜かし、ぺたんと床にお尻をつけていた。カラン、と音を立てて杖が床に転がる。

「り、りりー………こわしちゃった………？」

リリィは顔を真っ青にしながら粉々になったクリスタルに目を向ける。驚いてしまったのか目の端には涙が浮かんでいた。今すぐ駆け寄ってやりたいが、流石にそれは出来ない。

周りの子供達は、何だかとんでもないことに遭遇してしまったぞ、とばかりにしーんと静まり返っている。コーラル・クリスタルが貴重だということに何となく気が付いているんだろう。子供というのは意外と危機察知能力に優れている生き物だからな。誰も口を開かず、リリィとクリスタルの間で落ち着きなく視線を彷徨わせている。

「う………ううっ………」

「―――っ」

沈黙に耐えきれなくなったリリィが、瞳から大粒の涙を零す。反射的にかかとが地面を蹴るのを理性で何とか押し止める。この場を何とか出来るのは先生しかいない。慌てて所在を確認すると、先生は丁度リリィの傍に腰を下ろす所だった。

「リリィちゃん、凄いじゃないか」

先生はリリィの頭を撫で、優しい声色で語りかける。リリィは拭けども拭けども溢れてくる涙を両手で必死に拭っている。はやく、はやくリリィを笑顔にさせてくれ！

「このクリスタルはね、強力な魔力を持っていないと壊せないんだよ。私だって本気でやっても壊せない代物さ。それを壊せるなんて、リリィちゃんにはきっと凄い才能があるに違いないねえ」

「……うっ……ひっく…………さいのー…………？」

「そうさ。立派な魔法使いになれる才能ってやつがね」

「…………でも……りりー……こわしちゃった…………」

「いいんだよ、こんなクリスタル。…………それにね、実はヴァイスも壊したことがあるんだよ。ここだけの話だがね」

「ぱぱ…………？」

「そうだ。だからリリィちゃんが気にする必要はないんだよ。寧ろ誇るべきことさね」

「うぐっ……わかった…………」

リリィの頬を伝う涙を先生がそっと拭う。俺も壊したことがあると知って、リリィは何とか泣き止んでくれたようだ。ごしごしと目を擦って立ち上がる。

「ほら、忘れちゃいけないよ」

「わすれてた！」

先生が傍に落ちていた杖を拾いリリィに握らせる。瞳こそ赤く腫れていたものの、リリィの表情にはすっかり笑顔が戻っていた。

……………もう大丈夫そうだな。

俺はそっと修練室を後にした。

すれ違いざまに目に入ったレインの表情が、僅かに歪んでいたのが少し気になった。

◆

「…………ぱ、ぱぱ……？」

ソファで寛いでいると、学校から帰ってきたリリィが遠慮がちに傍に寄ってきた。その表情は暗く沈んでいる。

「リリィ、帰ってきたら？」

「ただいま！」

「はい、おかえり」

条件反射的に元気な挨拶が返ってくるが、元気がなさそうなのは表情から明らかだった。俺はリリィの帽子とリュックを脱がせると、膝の上で抱きかかえることにした。リリィは体温が高いから、抱っこしているとぽかぽかして気持ちがいい。

「ぱぱ、きーて…………？」

リリィは俺の膝の上でもぞもぞと反転して、俺と向き合うような姿勢になる。思い切り抱き締めてやると、リリィはむふーと気持ちよさそうな声をあげて俺の胸に顔を埋めた。

「どうしたんだ？」

何を言いたいのかは大体分かっていた。恐らくクリスタルという学校の備品を壊してしまったことを謝りたいんだろう。俺としては寧ろ良くやったと褒めてやりたいくらいなんだが、流石に教育上そういう訳にもいかないよな。

「きょーね、じゅぎょーでまほーつかったの…………それでね、りりー…………おっきないし…………こわしちゃった…………」

「壊しちゃった？　怪我はなかったのか？」

「うん…………」

「良かった。それで、先生は何て言ってたんだ？」

「なんかね、りりーにさいのーがあるってゆってた…………」

「褒められたのか。良くやったぞリリィ」

ダメだ、やっぱり褒めてしまった。

だって仕方ねえよ、壊れないって言われてたんだもんな。リリィは全く悪くない。気にする必要は全くないんだ。俺みたいに壊そうとして壊した訳でもないんだし。

「うん…………それでね、せんせーがぱぱにわたしてって…………」

そう言って、リリィはポケットから一通の封筒を取り出した。受け取って開いてみる。

『コーラル・クリスタルの費用弁償として、以下のとおり請求します。ヴァイス、済まないねえ。

５０，０００，０００ゼニー』

…………エスメラルダ先生、俺なら払えると思って思いっきり吹っ掛けやがったな。

事故なんだから払う必要もない気がするが、先生の監督不行き届きになってしまうのも可哀想ではある。払えない金額でもないし、今後も授業に忍び込むのを見逃して貰う賄賂としては決して高くはないか。

「ぱぱ、なんてかいてあった？」

「あなたの娘はとっても優秀です、って書いてあったぞ。流石リリィだ」

「ぱぱくすぐったい！」

わしわしと頭を撫でてやると、リリィはやっと笑顔になってくれた。やっぱり子供は笑顔が似合う。

□

フローレンシア家の大広間。

豪華な長テーブルには完璧に磨き上げられた数十組の銀食器と光り輝く水晶のグラスが丁寧に並

べられ、その下では金糸によって上品な花模様があしらわれたテーブルクロスが目を奪う美しさを放っていた。

一族全員が一堂に会しても充分な余裕のある長テーブルの周囲には、ただ二人だけ座っている。上品な衣装に身を包んだその二人は、フローレンシア家の令嬢メディチ・フローレンシア。そしてその娘レイン・フローレンシア。

二人は使用人によって運ばれてくる多種多様な料理に特別反応することもなく、淡々と咀嚼《そしゃく》を繰り返している。その雰囲気は壁際に並んでいる使用人達が思わず背筋を伸ばしてしまうほど冷え切っていた。

「――――レイン。今日は魔法の実技があったみたいね」

メディチ・フローレンシアはどこかの親バカと違い表立って娘の学校生活に干渉することこそないが、学校の最新情報だけは常に入手するようにしていた。魔法学校にはフローレンシア家の息がかかった職員が何人もいて、情報は逐一メディチの耳に入るようになっている。そして同様のことは帝都全域で起こっていた。フローレンシア家の力を使えば、午後のニュースを夕刊より早く知ることだって朝飯前だ。

「ええ、もちろん完璧にこなしたわ。形状変化まで出来たのは私だけだったもの」

言葉とは裏腹にレインの表情は暗かった。折角待ち望んでいた実技の授業がやってきたというのに、そしてそこで最高のパフォーマンスをしてみせたというのに、最早《もはや》誰もレインの魔法のことなど覚えていないだろう。教室の雰囲気からそれを感じ取っていたレインはどうしても笑う気になれなかった。

（…………リリィ。あの子さえいなければ…………今頃私が――――）

実技の授業を終え、教室はリリィの話題で持ち切りだった。人一倍身体が小さく子供っぽいリリィが自分の何倍も大きな魔石を吹き飛ばしたとなれば、そうなるのは自然な流れだった。それにただでさえリリィはその水色の髪や宝石のように美しい杖、一人だけ被っている帽子、スライムを飼おうと言い出した張本人と話題に事欠かない人物だった。

リリィにはリーダーシップがなく好き勝手に行動するので、そういう意味では決してクラスの中心人物という訳ではないが、それでも大きな存在感を放っているのは確か。レインはそのことがとにかく気に食わなかった。私の方が真面目で、努力して、大人なのに…………どうして。

「そう。それで――――あの子はどうだったの？　リリィといったかしら」

レインという人物、その心の内まで見ようとしないメディチは、娘が浮かない顔をしていることに気付かない。メディチにとってレインはあくまでフローレンシア家存続の為に大切な存在であり、自らのプライドを満たし、コンプレックスを解消する為の道具だった。

「リリィ？　あの子は…………ふつう、だったわ。魔法は使えるみたいだけど、それだけ」

「そう。ならいいわ。今後も頑張りなさい」

それっきり、フローレンシア家の食卓は沈黙が支配する。

（…………また褒めてもらえなかった。私のユウシュウさが足りないんだわ…………）

家族の温かさというものが致命的に欠如したフローレンシア家で育ったレインは、今更母親からの優しい言葉を求めて涙することなどないが、感情ではなく事実として「自分が優秀だ」というお墨付きは欲しかった。自分が優秀であればこの家は上手くいくと薄々感じ取っているレインにとって、その言葉は自らの努力の行き先が間違っていないことを証明するコンパスであるはずだった。

だが、未だ母からその言葉が娘に送られたことはない。

（…………あの子に勝てば、きっと）

リリィのことを『ただの子供っぽいクラスメイト』だと思っていたレインにとって、今日の出来事はなかなかショッキングだった。あの子があんな強力な魔力を秘めているなんて考えもしなかった。最初は「エルフだから」と自分を納得させたが、クラスにいるエルフはリリィだけではない。

他のエルフは魔法こそ使えるが特に目立つものはなかった。それに、その考えはレインの好みではなかった。種族を理由に敗北を受け入れるのは、性分に合わないのだ。

（…………一学期のうちに、ぜったいあの子に勝ってやるわ）

レインの頭の中では、既に次に会得するべき魔法の算段が始まっていた。

「今日はもういいわ、ごちそうさま」

そう言って席を立つレインの足は、フローレンシア家自慢の図書室に向かっている。

珍しく夕食を残した娘の瞳が、悔しさに歪んでいることすら、メディチは気付かない。

第四章　ヴァイス、思い悩む

My daughter was an unsold slave elf.

「それなら――採りに行くか？」

「採りに？　何をだ」

ある日の晩。

リビングで、リリィが授業でコーラル・クリスタルを破壊せしめたことをジークリンデに自慢していた時のことだった。

「コーラル・クリスタルだ。いくらお前でも五千万は大金だろう。それに――今となっては私も無関係ではないからな」

ジークリンデは僅かに頬を赤らめながらそんなことを言い出した。意図が分からず俺は聞き返す。

「無関係じゃない？　どういうことだ？」

今回の責任は確実に俺にあると思うが。

……まさか、お金が足りずジークリンデに借りようとしてると思われてるのか？

流石に学生の頃とは違う。五千万くらい余裕で払えるぞ。

「いや…………あのだな…………えーっと…………私はお前の…………妻、だろう。妻、なんだよな？　であるからだな、つまり――――」

「ああ、つまり俺の出費はお前の出費でもある、と、そういうことが言いたいのか？」

「そっ、そうだ！　ま、まあ別に私が払ってやってもいいんだがっ、こういうのは一応しっかりした方がいいと私は思うんだ！　ま、まだ付き合いたてな訳だしな………？」

「なるほど」

あたふたと手を振りながらジークリンデが説明していることを要約すると、つまるところ「夫婦のお金なんだから五千万の出費は避けろ」ということだった。

確かに、今や俺の金はジークリンデの金でもある。自分勝手に散財する訳にもいかなくなってしまった。まあ、それで言えば得をするのは圧倒的に俺な訳だが。言うまでもなくジークリンデの実家は超超超お金持ちだ。

「それで採りに行けって訳か。別に構わんが、俺はコーラル・クリスタルがどこで採れるか全く知らんぞ」

帝国領で採れるのかすら分からない。普通に生活していれば必要になることはないし、その特性上、魔法省に採取クエストが依頼されることも稀だからな。普通にしていればまず壊れない代物なんだ、あれは。

ジークリンデは眼鏡の縁を触り、意味ありげな視線を俺に向けてくる。頬の赤みは既に引いていた。

「それについては問題ない――――私も同行するからだ」

「お前が？　何故？」

まさかの発言に俺は理解が追いつかない。魔法省長官補佐って、そんな個人的な事情で帝都を離れていいものなのか？

ハテナマークを浮かべる俺に構わず、ジークリンデは耳元に口を近付けてくる。

「………………これはここだけの話なんだがな。実は魔法省でコーラル・クリスタルを武具に転用出来ないか、という話が出ているんだ」

「コーラル・クリスタルを武具に？」

武具っていうと門兵が装備しているような剣や槍、盾のことか。確かに魔法を無効化するコーラル・クリスタルを鎧《よろい》や盾に使えたら対魔法使いの戦闘においてかなり脅威になるだろうが。

「上手くいくのか、それ？」

だが、そんなことは誰でも思いつく。それなのに未だ実現していないということは、何か問題があるということだろう。例えば………………加工が難しいとか、コストがかかりすぎるとか。重すぎる、ってのもあるな。

「それをこれから調べるんだ。丁度近いうちに帝国領内のコーラル・クリスタル生産地を視察することになっていてな、護衛代わりにお前を連れて行けばいいんじゃないかと思ったんだが………………どうだ？」

ジークリンデの真っ直ぐな視線が眼鏡越しに俺を捉える。その瞳からは何の感情も読み取ることは出来なかったが、恐らくこの件に関しては元々何の感情もないんだろう。俺が断った所で別の護衛を付けていくだけの話だ。ただの仕事だからな。

……ひょろっちい護衛を付けていくくらいなら俺が行った方がいいか。何か事件に巻き込まれる可能性は低いだろうが、魔法省高官などどこで恨みを買っているか分からないからな。

となると、俺の答えは一つだ。

「俺に断る権利などないさ。リリィのことを秘密にして貰う代わりにお前の仕事を手伝う、そういう契約だからな」

「……そういえばそうだったな。それで、急な話だが来週でも構わないか？　魔法学校の方には魔法省からコーラル・クリスタルを補充すると連絡しておく」

「問題ない。場所はどこなんだ？」

「アネルカ地方だ。そこに大きなコーラル・クリスタルの鉱床がある」

「アネルカ？　聞いたことないな。どの辺りだ？」

「帝都から南東に数百キロ行った所だ。長旅になるぞ」

「数百キロねえ。何人で行くんだ？」

「お前がいるなら二人で構わないだろう。元々は十人で行く予定だったがな」

「なるほどな。それなら長旅にはならなそうだ」

「何だと？」

たとえ千キロあろうと俺の運転なら数時間で着く。改造魔法二輪車のスピードをジークリンデにも味わわせてやるいい機会だな。きっと驚くぞ。

◆

「うっ…………うぅ…………いってらっしゃい…………」

「いい子にしてててな、お土産買ってきてやるから」

名残惜しそうに俺の服を掴むリリィの手をそっと外す。リリィはほっぺたを餅のように膨らませて下を向いてしまった。本当にすまん…………。

「ちょっと、私にもだからね！」

部屋を片付けていたカヤが首をぐるんとこちらに向けて唾を飛ばす。

…………どうやら前にやった十万ゼニーは露天でたまたま見かけた『お金が湧き出る壺《つぼ》』とやらの購入資金にそっくり消えたようで（どう考えても騙されている）、金欠状態だったカヤは喜んでリリィの子守を引き受けてくれた。今の所壺からお金が湧き出てきた実績はないらしいが、最近は出そうな雰囲気があるらしい。出てくれればいいなと思う。

「分かってる。それよりリリィのこと頼んだぞ。あと、壺はもう二度と買うな」

「ヴァイスの話では今日中に帰ってこられるらしい。…………本当に帰ってこられるんだよな？」

「任せとけ。五百キロ程度ものの数秒だ」

「また訳の分からないことを…………別に私は急がなくても…………」

「世間話はこの辺にして、出発しようぜ。リリィ、行ってくるな」

「いってらっしゃい…………はやくかえってきてね」

「ああ、行ってくる」

集合住宅らしい何とも薄いドアを閉め、俺達はカヤの家を後にした。カヤの家があるこの辺りは高級住宅街ほど治安がいい訳ではないが、事件が当たり前というレベルでもない。リリィを預けても問題はないだろう。そもそもゼニスはここの何倍も危険だった訳だしな。

「ジークリンデ。護衛は問題ないんだよな？」

「心配するな。腕利きを二人配備してある」

「……………それなら大丈夫か」

心配しすぎだろうか…………リリィと離れるとどうにも心がざわつく。たまらずカヤの家の方を振り返ると、リリィが窓に張り付いてこちらを見下ろしていた。手を上げて応えると、リリィも小さく手を振り返してくれる。

「ふっ、人は変わるものだな」

「あ？　何がだ」

視線を戻すと、ジークリンデは口の端を上げただけの雑な笑顔で俺を見ていた。相変わらず笑顔が下手な奴だ。そんなだから未だにリリィに懐かれてないんだぞ。

「学生時代あんなに尖《とが》っていたお前が、親になった途端子供にデレデレとはな」

「別に尖っちゃいなかっただろ。俺といえば愛嬌《あいきょう》のある奴だと評判だったはずだがな」

「それはない。お前のことを怖いと言っていた女子生徒は多かったと記憶しているぞ。まあ私が直接言われた訳ではないが…………」

「お前、俺くらいしか話す奴いなかったもんなあ」

「…………必要としていなかっただけだ。私だって社会に出ればそれなりに上手くやっている」

「そうかあ？　そうは見えなかったけどな」

コイツの仕事振りを見かける機会はちょくちょくあったが、職場の人間関係が上手くいっているようには見えなかった。毎晩仕事が終わるとすぐにうちに来ているし。俺はまともに働いたことがある訳じゃないからこれは想像だが、普通は職場の奴と飲みに行ったりするもんじゃないのか。

「俺が変わったんじゃなくてお前が変わらなすぎなんだよ。あと俺は別にリリィにデレてないからな」

この誤解は確実に解いておかねばならない。俺はリリィが一人でも生きていけるように、厳しく育てると決めているからな。

ジークリンデは話は終わりだとばかりに俺の言葉を一笑に付すと、ところで、と話を変えた。どうして笑ったんだよ、おい。

「移動はどうするつもりなんだ。一瞬で着くなどと訳の分からないことを言っていたが」

「ああ、実はお前に面白い体験をさせてやろうと思ってな。いいから付いてこいよ」

「面白い体験？　そんなものはいらないんだがな…………分かっているのか、これは仕事――――」

「いいから。ほれ、早く行くぞ」

「お、おい…………っ」

俺はジークリンデの手を引っ摑んで引き寄せる。ジークリンデは別に早く着かなくても、やら、旅というのは移動時間を楽しむものだ、などと訳の分からないことを呟いていたが、観念したのかすぐに静かになった。これは旅じゃなく仕事のはずなんだが、意外と魔法省長官補佐というのは緩い役職らしい。

俺達は商業通りを進み、エスメラルダ先生の店にやってきた。帝都で一番の賑わいを見せるこの通りも休日の朝一はまだ眠りの中にいるようで、まばらに人が歩いているだけ。店もカフェの類しか開いておらず、勿論先生の店にも閉店中の札がかかっていた。

「ここは…………ローブ屋、か…………？　閉まっているようだが」

「そうだ。少々いわくつきの店でな、リリィのローブもここで仕立てて貰ったんだ」

「いわくつき…………？」

ジークリンデは訝《いぶか》しげな視線を看板に向ける。長年帝都に住んでいても、流石に全ての店を把握している訳じゃないか。

「まあ、今日は店のことはいいんだ。ちょっと待ってろ」

俺はジークリンデを置いて店の裏側に回る。約束ではここにあるはずなんだが――――。

「お、あったあった。忘れられてたらどうしようかと思ったぜ」

店の裏に停《と》められていたそれを押して戻ると、ジークリンデは目を丸くした。学生時代にもジークリンデへの借金を返す為に似たようなのを乗り回していたからな、懐かしさに襲われているのかもしれない。

「懐かしいだろ。だが安心してくれ、速さはあの時とは段違いだ。二時間で目的地まで届けてやる」

魔法二輪車をジークリンデの前に停める。てっきり喜んでくれると思っていたんだが、何故かジークリンデは笑っていなかった。

「おい、早く乗れよ」

「いや、乗れったって……これ、一人乗りだろう」

「二人乗れるんだよ。ほら、座面に余裕あるだろ」

「そうかもしれないが……でもだな……」

「でももへったくれもねえよ。これは正真正銘二人乗り出来るんだ。騙されたと思って乗ってみろって」

わざわざ先に跨《また》がっていかにスペースが空いているか示しているというのに、ジークリンデはなかなか乗ろうとしない。それどころか自分の身体を抱き締めてすすっと二輪車から距離を取り始める始末。

「なあ、お前……もしかして……怖いのか？」

「なっ!?　バッ、馬鹿にするなよ!?　怖い訳がないだろう！」

ジークリンデは顔を真っ赤にして俺を睨みつけてくる。が、その目元は普段より少し潤んでいる気がした。

「そうだよな。リリィですら乗ったことあるのに、大人のお前が怖い訳ないよな」

「ぐっ…………！」

視線でプレッシャーをかけていると、自ら逃げ場を断ったジークリンデが観念したようににじり寄ってくる。しかしなかなか乗ろうとしない。

「おい…………置いてくぞ？」

「待て！　視察だと言っているだろう！　私を置いていってどうするつもりだ！」

「だったら早く乗れって」

顎をしゃくって急《せ》かすと、ジークリンデはやっと観念したのか座面に手をつき、跨る素振りを見せた。

…………のだが。

「…………れない」

「あん？」

ジークリンデはボソッと何かを呟き下を向いてしまった。俺は痺《しび》れを切らして二輪車から降り、耳を近付ける。

「どうしたって？」

流石にもうそろそろ観念して乗って欲しいんだがな。早く行かないとそれだけ帰ってくるのが遅くなる。リリィを心配させちまうだろ。

「…………どかないんだ」

しかし俺の思いはコイツには届いていないようで、相変わらず下を向いて何かを呟く。

「悪ぃ、何て言ってるか全然分から――――」

「乗れないんだッ!!! 足が！ 上がらなくて!!!」

「のわッ!!」

急に耳元で大声を出され、俺は反射的に飛《と》び退《の》く。地面に手をつきながら顔を上げると、ジークリンデは羞恥の極みのような赤面で俺を睨みつけていた。

「何だって………足………？」

言葉に従って視線を下ろしてみる。

まず目につくのは、すっかりお馴染《なじ》みの魔法省の制服。上等な生地で仕立てられている深緑色のそれは胸元で確かな膨らみを伝えていて、その内側に何らかの存在を示唆していた。分厚い生地をあそこまで盛り上げるとは………学生時代から更に成長を遂げていると見える。

「おい………どこを見ている」

「すまんすまん」

そこから更に視線を下ろす。ただでさえ細い腰を黒いベルトがぴっちりと締め上げ、上半身とのアンバランスな………。

「………おい」

「分かってる。急かすな」

突き刺すような視線に追い立てられ、更に目線を下げる。ジークリンデを守る深緑の守護者は丁度膝上までが仕事範囲のようで、そこからは肌が顔を覗かせ………ることもなく、タイツが陽光を受けキラリと光っていた。しかしそれも膝下までの話で、そこからはゴツい漆黒のブーツが細い脚を守っている。

更にジークリンデはその上から魔法省高官にのみ着用が許される純白のロングジャケットを身に着けていて、なるほど、確かにこれは二輪車に乗るような格好ではないと言えた。膝下まで分厚い生地に守られていては足を上げるのは難しいだろうな。

「……………なるほど」

「や、待て、お前今失礼なことを考えているだろう！　別に私は脚が短い訳ではないんだぞ!?　ただ今日の服装がだな………」

頷く俺に、顔を真っ赤に染めたジークリンデが突っかかってくる。どうも勝手に変な想像を膨らませているらしい。

「分かってるって。お前のスタイルが悪いと思ったことなんて一度もねえよ。寧ろ良い方だろ」

「なっ………!?」

背は高く胸は大きい。腰は細くて脚はスラッと長い。女性の好みなんて人それぞれだと思うが、一般的に見てジークリンデはかなり勝ち組な見た目をしている。本人がお洒落《しゃれ》に無頓着でさえなければ学校でも人気が出たに違いないが、まあ学生時代を百回繰り返してもそんな未来はやってこないだろう。何せ十年経っても一目で分かるくらい見た目が変わってなかったんだからな。

「…………お前が乗れない理由は分かった。だがしかし、こんな所で躓く訳にもいかないんだ」

きっとリリィは今この瞬間も、俺が帰ってこないかと玄関で待っているに違いない。それを思えば腕は自然とジークリンデの方へ向く。

「俺が抱っこしてやる。それで乗れるだろ」

「だっ、抱っこ!? ちょ――――」

「ほれ、いくぞ」

ジークリンデの反応を待たず、腰と膝裏をすくい上げるように持ち上げる。そのままジャケットにシワがつかないように気を付けながら座面に降ろしてやると、何故かジークリンデは俺を睨みつけてきた。

……………コイツ、今日ずっと俺を睨んでないか？

「…………ぐぐ…………ヴァイス、お前いい加減にしろよ…………！」

「お前の脚が短いから乗せてやったんだろうが」

「だからっ、私の脚は短くない！」

「分かってる冗談だって。ほれ、乗れたことだし行くぞ」

二輪車に跨り、座面の空いているスペースに腰を下ろす。二人乗り可能とはいえ流石に余裕がある訳でもなく、背中に薄っすらとジークリンデの存在が感じられた。

「ぬぉ…………近いな…………」

「悪いな、窮屈で。とにかく俺にしがみついてくれ」

「しっ、しがみつくだと!?」

「ああ。じゃないと落ちて死ぬぞ」

「死っ…………こ、こうか!?」

背中に感触がないので不思議に思い下を向くと、ジークリンデは両手で俺の脇腹の辺りをちょこんとつまんでいた。コイツの中ではこれがしがみつくなのか。

「全然違う。もっとこう…………がばっ！　と抱き着いてくれ。出来ればお腹《なか》の所で手を組んでくれると安心なんだが」

「お腹で!?　手を組むだと!?　それだと抱き着くことになるではないか！」

「だからそう言ってるだろ。命に関わることなんだ、頼むよ」

脇腹に添えられている手を掴んで、お腹の前まで持ってくる。すると背中にジークリンデがくっつく感触があった。手を離すと、俺を抱き締めるように両手がゆっくりと繋がれる。

「こ、これで…………いいのか…………？」

「完璧だ。…………ふう、ようやく出発出来るな」

「…………済まない。色々と…………」

「気にするなって。俺も言ってなくて悪かったよ」

「ああ…………今度からは事前に教えておいてくれ。その方が…………助かる」

どうやらジークリンデは俺の背中に頬をくっつけているらしい。

喋るたびに背中がもごもごと動いて…………少し、くすぐったい。

◆

「ぬおおおおおおおおッ！！！！？？？？」

ジークリンデの叫び声が超速で後ろに流れていく。ありったけの魔力を流し込んでフルスロットルに叩き込んだ魔法二輪車は帝都前の大通りを蹂躙《じゅうりん》するように爆走し、帝都はみるみるうちに小さくなっていく。この瞬間は何度味わっても気持ちがいいな。

「ヴァ、ヴァイスッ、止めろ！　止めてくれ!!」

「何言ってんだ、まだまだ加速するぞ」

「私を殺す気かッ!!」

「しっかり掴まってりゃ大丈夫だ、死にはしない」

ぎゅう、とお腹を締め付ける手が強くなる。そうそう、そうやってりゃいいんだよ。

「そろそろキツくなってきたな………あれやるか」

俺は接地しているタイヤに魔力を纏わせ、少しだけ地面から浮かす。すると、さっきまでブルブルと震えていた座面がシンと大人しくなる。地面とタイヤの間に魔力を挟むことで衝撃を散らせるのだ。大幅に振動が軽減され、ジークリンデが少しホッとしたのが分かった。

「………思っていたのと違う」

ジークリンデが何かを呟くが、風の音にかき消され俺の耳までは届かない。聞き返すと、ジーク

リンデは何でもないと叫んで怒ってしまった。

「何なんだ一体…………」

いつもと違うジークリンデの様子に首を傾げながらもアクセルを回す。暫く無言の時間が続くと、ぷく、とジークリンデが頬を膨らませたのが背中の感覚で分かった。一体どうすりゃいいんだよ。

◆

「ここでいいのか？」

「ああ、間違いないはずだ」

二時間のドライブを終え俺達が辿り着いたのは、森林とむき出しの岩肌がないまぜになったような採掘地帯だった。人の営みの匂いはなく、周囲には打ち捨てられた小屋がいくつかあるだけ。恐らくは既に放棄された場所なんだろう。

空に目を向ければ、大型の鳥が聞いたこともない鳴き声を発しながら優雅に飛んでいる。遠くに来た、って感じがするな。

「ここは昔、帝都が使っていたコーラル・クリスタルの採掘場なんだ。記録によるともう数十年は放置しているようでな、資料と全く違う状況になっていることもあり得る。それで再び稼働出来るか私が確認しに来たという訳だ」

「なるほどねえ…………まずはカフェで一服って訳にはいかないと」

残念ながら、と言いながらジークリンデは手にしている紙をちらちら確認しながら周囲を見渡す。恐らくは地図の類だろうか。釣られるように俺も何となく視線を彷徨わせてみると、根本的な疑問に行き着いた。

「なあジークリンデ。見た所コーラル・クリスタルがあるようには思えないんだが、本当にここで合っているのか？」

元は森林地帯だったと思われる一帯は綺麗に切り開かれていて、遠くの岩肌まで見渡せる。しかしいくら探してもどこにもコーラル・クリスタルの赤色は確認出来ないのだった。てっきり赤く光る壁がお出迎えしてくれると思っていたんだがな。

「それはそうだろう。コーラル・クリスタルは地層の奥深くに出来る結晶体だからな。その為に…………ん、あれか。ヴァイス、あれを見てみろ」

ジークリンデが指差した先にあったのは、木材で補強された洞窟の入り口だった。岩壁にぽっかりと空いたそれの先にコーラル・クリスタルがあるという訳か。

「あの先に？」

「ああ。資料によればあの洞窟から採れる部分だけでも採掘率は十パーセントほどらしい。当時はまだ採掘技術も発達していなかったし、コーラル・クリスタルの需要もそこまで高くなかったからな。稼働途中でプロジェクトが中断されたんだろう」

「つまり、あの洞窟がまだ使えるか確認するのが今回の仕事って訳か。見た所危なそうだが」

数十年も放置されていた洞窟など少し考えるだけで危険が盛り沢山だ。落石や崩壊に始まり、急激な気温の上下、危険生物や有毒物質の発生などいくらでも思い浮かぶ。採掘屋を雇って確認するべきだと思うんだが、魔法省は意外と人手不足なのか？

「これは本当に俺達がやらないといけない仕事なのか？　どう考えても専門家にやらせるべきだろ。少なくとも魔法省長官補佐が直々にやってくる必要があるとは思えないんだがな」

俺の疑問に、ジークリンデは流し目をこちらに向け、その後やれやれとばかりに肩を落とした。

「全くその通りだ。私だってそう思うんだが、これが意外と複雑なことになっているんだ。まあ分かりやすく言うと…………利権と派閥争いというやつか。コーラル・クリスタルを武具に利用しようというプロジェクトは、今後かなり大きな予算を投入する可能性があってな。今の段階から一枚噛みたいという奴が魔法省内にも大勢いるんだよ」

「…………それでお前が来る羽目になった、って訳か」

「正確に言うと、そうなることを見越して秘密裏に進められている、ということになる。私が今この場にいることを知っている人間は、魔法省にも殆どいない」

行くぞ、とジークリンデは洞窟に向けて歩き出す。その背中はいつもより少し小さく見えた。帝都でも有数の名家であるフロイド家の令嬢で、且《か》つ魔法省長官補佐という立場にあるジークリンデでも、ドロドロとした権力争い渦巻く魔法省の駒の一つにしか過ぎないのだ。

…………その細い両肩に、一体どれほどの物が乗っかってるんだろうか。全く、凄い奴だよお前は。

「ヴァイス？　何をボサッとしてる。さっさと行くぞ」

「――――ああ。今行く」

小走りでジークリンデの横に並ぶ。

隣に立つジークリンデはやはりいつもより少しだけ頼りなく感じて、俺は一歩だけ横に距離を詰めた。近くにいた方が良いと何となく思ったからだ。


流石に採掘作業に使われていた洞窟ともなるとその規模は大きく、入り口の幅は十メートルほどもあり、中央にはトロッコのレールが敷かれていた。壁際に等間隔で設置されている金具は恐らく照明用の魔石を固定するものだと思われるが、肝心の魔石は既に殆ど撤去されていて、僅かに残っているものも既にその役目を終えていた。廃棄する時に帝都が回収したのか、それとも盗賊に盗まれたのか。とにかくまともに動くものは一つもなかった。

魔法で辺りを照らしながら進むと、大きな広場に出た。中央にトロッコのレールが敷かれている大きな穴が続いていて、その他にも脇道がいくつか存在していた。どうやら一本道という訳ではないらしい。

「…………どうする？」

ジークリンデは手元の紙とにらめっこしていた。肩越しに覗いてみると、やはり見ているのはこの洞窟の地図らしい。ジークリンデは大きな紙を折り畳んで持っていて、その厚みから随分奥まで続いていることが分かる。

「そうだな…………まずは大通りを進んでみようと思う。地図によれば終点に採掘途中のコーラル・クリスタルがあるらしいからな」

「了解」

ジークリンデの案内に従い、俺達は線路沿いを奥へと進んでいく。真っ直ぐ進んでいたはずが実はカーブしていたのか、いつの間にか振り返っても入り口は見えなくなっていた。足音がまるで大地の鼓動のように空間に反響し、湿り気を帯びた空気には僅かに鉱石の香りが混じっている。

粗く舗装された道を一時間ほど歩いていると、不意にジークリンデが足を止めた。地図を広げ首を傾げている。

「どうしたんだ？」

「おかしい……………道はここで途切れているはずだ」

「何だと？」

反射的に地図を覗き込む。ジークリンデの視線の先には「G97」という文字と、そこで途切れている道が記されていた。すぐ傍の岩壁に視線をやると、そこには今地図で見たばかりの「G97」という文字が刻まれた金属プレートが打ち込まれている。確かに地図はここで途切れているようだ。

「どういうことだ？　その地図が古かったのか？」

「いや……………それはないだろう。この地図は当時、コーラル・クリスタルの採掘事業を終了することになった際の報告用として改められたものだ。これより新しいものは魔法省には存在しないことになっている」

「…………魔法省がこの採掘場を廃棄したあと、誰かがこの先を掘ったってことか？」

図らずも、二人同時に道の先に視線をやる。しかしすぐに無駄だと気が付く。そこには暗闇が広がっていたからだ。魔法がなければ、文字通り一筋の光すらない世界。

「どうする？」

「…………行くしかないだろう。その為に私はここに来たのだからな」

地図のない冒険は、意外な形で行き詰まることになる。先程までのしっかりと掘り固められた坑道から打って変わって、まるで素人仕事のように粗く削られた岩肌に沿いながら進んでいると、やがて大きな道は二つの小道に分岐した。

「…………分かれ道、か。どうする？」

もし時間が無制限にあるなら取る選択肢は一つだ。この先がどこまで続いているかは分からないが、いつかは行き止まりになる。わざわざ別れてリスクを冒す必要はない。

だが――

「――二手に分かれよう。私は右、お前は左を頼めるだろうか」

時間が限られている俺達は、時にこういう決断をしなければならない。まだ大通りしか確認出来ていない現状、ゴールの見えない道に時間をかけてはいられないという判断だろう。

そして、その判断は恐らく正しい。逆の立場なら俺も同じ提案をしたはずだ。

「一人で大丈夫か？」

「心配は無用だ。お前こそ魔力は大丈夫なんだろうな？　運転にかなりの魔力を消費したと見えるが」

「ナメんな。俺を誰だと思ってる。さっさと終わらせてそっちを手伝ってやるよ」

軽口を叩きながら、ジークリンデから記録用の紙とペンを受け取る。その瞬間――

「――――ッ」

俺はジークリンデにバレない程度に、僅かな魔力を流し込む。ジークリンデの体内に入り込んだ俺の魔力はジークリンデの魔力と混ざり合い、やがてその気配を完全に消し去った。

……………ひとまずはこれで大丈夫か。

「……………ヴァイス、今、私に触ったか？」

ジークリンデが不思議な表情で自分の身体を見回す。

どうやら俺の魔力は僅かに気取られたようだ。だが、自分に魔法がかけられたことまでは気が付いていないらしい。

……………闇魔法なんて学校じゃ習わないからな。気が付かないのも無理はない。

「何のことだ？　もしかして…………ビビってるのか？」

「なっ、何を言う！　私が暗闇が怖いなんて、そんな訳ないだろう！　…………もういい、私は行くからな！」

気を逸らす為にわざとらしく煽ってみると、ジークリンデはまんまと引っ掛かって小道に入っていく。

「…………俺も行くか」

ジークリンデの光が見えなくなるまで背中を見送った後、俺は左の小道に一歩踏み出した。

◇

「まさかここまで変わっているとはな…………」

誰かが聞いている訳でもないのに思っていることを口にしてしまうのは、きっと一人の孤独を何かで埋めてしまいたいからだ。

「…………一体誰が、何の為に…………？」

別段、暗闇に恐怖を覚える性質ではない。だがそれでも、流石に地表から遠く離れた暗黒に一人というのは――身体の芯が浮くような恐怖を感じるには充分な状況で。

「…………さっさと記録して合流してしまおう。そうしたらだな――」

――少しばかり、ヴァイスに甘えてみようかな。

「…………何を考えているんだ、私は。甘えるなどと…………私らしくもない」

塗りつぶしたような暗闇に押され、つい弱気な自分が顔を覗かせる。

「…………」

…………確かに、私らしくはない。

ジークリンデ・フロイドという女は、きっとアイツにとってそういう存在ではないだろう。

――退屈で、面白みがなくて、融通が利かない。

――可愛げもなければ、子供の世話すら満足に出来ない。

アイツが思う私の印象なんて、そんな所だろう。

自分で言って悲しくもなるが、これでも三十年近くジークリンデ・フロイドをやっている。自分のことはある程度分かっているつもりだ。

甘えるなんて…………私らしくはない。それは間違いない。

「…………それでも、だ」

このまま自分らしく生きていたら――私は満足するのだろうか。

アイツに堅物女だと思われて。お洒落すれば可愛いのになんて言われ続けて。

それで私は満足するのか？

「…………そんな訳、ないだろう」

私がアイツのことを格好いいと思っているように、私だってアイツに可愛いと思われたいんだ。

その為には――やはり私が変わるしかないんだよ。自分らしくなかったとしても、似合っていなくても、一歩踏み出さなければ何も変わらない。一歩踏み出せなかったから、まだ私はこうして狭苦しい自分の殻に縮こまっている。

いくら探しても影さえ摑ませてくれなかったアイツが、十年振りに私の前に姿を現したあの時――私はどう思ったんだ。

もう二度と離したくないと、そう思ったんじゃないのか。

こんなチャンスは、きっともう二度とない。私が今何気なく過ごしている毎日は、アイツが私の前から消えてからの十年間、ずっと夢見ていた毎日なんだ。

「………よし」

丁度、ここは帝都から遠く離れた洞窟の中。周りには誰もいない。私が少し柄にもないことをしたとしても、アイツ以外の誰に見られる訳でもない。これ以上の状況はないと言えた。

「決めたぞ――私はアイツに」

ヴァイスに――

「――こんにちは、お嬢さん」

「ッ!?」

目の前が突然真っ暗になる。その影が人の形をしていると、かろうじて認識したその瞬間
――私の意識は既に現実から断絶していた。

◆

「――ッ!?」

俺は飛び跳ねた。

比喩でも何でもなく、超久しぶりに飛び上がった。こんな衝撃はリリィが初めて言葉を話した時以来だ。

そして――驚いてばかりもいられない。俺は反転し、来た道を力の限り駆け戻る。

二手に分かれる前に俺がジークリンデにかけた闇の魔法――それは『従属』の魔法だ。文字通り対象の人物を自分の支配下に置く魔法だが、この魔法には浅めにかけておくと対象者の監視に使えるという特徴があった。潜り込ませた魔力で相手を操るのがこの魔法の本質だが、操るに足らない程度の魔力を仕込んでおくことで何となく相手の状態を知ることが出来るんだ。

そして今、ジークリンデに潜り込ませた俺の魔力の感覚が――途切れた。

「クソっ…………アイツ、一体何に巻き込まれたんだよ！」

走りながら、頭をフル回転させる。

考えられるのは…………まず洞窟の崩壊。だがこの線はすぐに否定出来る。押し潰され意識が途切れるほどの崩壊が起きたのなら、間違いなくその衝撃は俺にも届いているはず。だがしかし、そのような音や振動はなかった。

となれば次は…………危険生物や自然発生した有毒物質の類。だがこれも考えにくい。危険生物が生息するにはこの洞窟は余りにも栄養源が不足しているし、有毒物質は大抵の場合強烈な臭いを伴う。もろに吸い込んだり触れてしまうほど、アイツが鈍いとは考えられない。

「…………それだけはやめてくれよ」

最後に残ったのは…………誰かに襲われたという線。これについて否定出来る要素は残念ながら何一つない。こんな洞窟の奥深くに一体誰がいるんだとも思うが、ジークリンデを狙いに来た場合は話が変わってくるし、狙われるだけの理由もわんさかあった。アイツは普段行使しないだけで、金も権力も持ち合わせているんだ。

「────ッ」

嫌な想像が、頭の中にチラつく。視界が真っ赤にフラッシュする。

「無事でいてくれよ…………頼むから」

そうして────自分でも驚くほどに心臓が熱いことに気が付く。燃えるような痛みに呼吸が苦しくなる。俺を衝動的に突き動かしているこの抗《あらが》いようのない感情にあえて名前をつけるなら────それはたった一つ。最もシンプルな原初の感情。

「────ブチ殺してやる」

今まで感じたことのないほどの『怒り』が、今、俺を支配していた。

□

『ブラック・シャドウ』は帝都を中心に活動する殺し屋だ。

殺し屋といえば腕利きの魔法使いが殆どを占める職業だが、珍しいことに彼は魔法使いではなかった。彼の仕事には杖もローブもその他のどんな魔法具も必要なく、故に仕事に向かう彼はパッと見ではただの青年にしか見えない。殺し屋といえば魔法使いのはずだという先入観が、彼を正体不明の一流の殺し屋たらしめていた。

彼は魔法省から指名手配されていたが、皮肉なことに彼の一番のお得意様はその魔法省の高官だった。魔法を用いない殺し方は足がつきにくく、万が一にも事が露見したくない魔法省の役人達には都合が良かったのだ。

いつものようにお得意様から依頼を受けた彼は、ターゲットの写真といくつかの地図を手に、帝都から遠く離れた採掘地帯にやってきていた。依頼主からの情報によれば、ターゲットはもうすぐここに現れるらしい。

「…………女一人殺《や》って三千万ゼニー。美味しい仕事だな」

専門の術士によって魔法を特殊な紙に流し込むことで作られる写真には、若い女性が写っている。勿論彼はそこに写っている女性に見覚えがあった。帝都に住んでいて彼女を知らない者は一人もいない。

……………有名だからこそ、彼女の戦闘力も彼は重々承知していた。それに聞いた所によると、彼女は本来十人は付けるはずの護衛を一人しか付けていないらしい。鴨《かも》が葱《ねぎ》を背負って来るような状況に、自然と口元が緩む。

「この仕事が終わったら、しばらく帝都を離れてゆっくりしようかねえ」

魔法省長官補佐が行方不明になったとなれば、帝都も暫くの間きな臭くなる。それは彼にとって稼ぎ時でもあるのだが…………三千万ゼニーという大金は、彼から勤労意欲を奪ってしまうには充分すぎる金額だった。

彼はターゲットの目的地だという洞窟を監視出来る岩陰に身を潜めて、じっとその時を待った。

□

『ブラック・シャドウ』は、仕事に一つのこだわりがあった。

ターゲットの殺害方法を必ず『酒瓶での頭部殴打』にするというその奇妙なこだわりは、彼が実の父親を手に掛けた七歳の時の出来事にそのルーツがあり、『ブラック・シャドウ』という格好つけたような二つ名は彼が初めて殺しに使用した酒瓶の名前だった。

彼はターゲットから少し遅れて洞窟に足を踏み入れた。魔法が使えない彼は、発光する魔石を頼りに洞窟の奥へと進んでいく。ターゲットがわざわざ自分から目印代わりに発光する小さな魔石を落として歩いてくれたので、追跡は容易だった。あとはいつ仕掛けるかだけが問題だったが
――それも解消された。

(…………分かれ道)

彼の前に二つの小道が現れた。そしてそのうちの片方に、光る魔石が続いていた。

「バカな女だな。だから殺されちまうんだ」

彼は背負っていた鞄《かばん》から酒瓶と昏倒《こんとう》効果のある薬品を取り出し、光る道に足を向けた。

…………簡単な仕事だった。

彼は予定通りターゲットの女性を昏倒させることに成功した。彼は少し先が行き止まりになっていることに気が付くと、ターゲットを背負って移動することにした。小道の終わりは広場のように

なっていて、赤く光る大きなクリスタルが岩肌から顔を覗かせていた。

彼はターゲットを地面に寝かせると、酒瓶をしっかりと握りしめた。それは彼が初めて人を殺した時と同じ状況だった。彼は人を殺す時、必ずこのシチュエーションを作るようにしていた。父親を手に掛けた時の…………あの身が震えるような興奮を、もう一度味わいたいのだ。

「…………さよなら、お父さん」

何かを呟いて、彼は思い切り右手を振り下ろした。

ビュン、と風を切る音が彼の耳に届き、次に聞こえたのは――――瓶が割れ、頭蓋骨が砕ける、あの大好きな音。

…………ではなく、自らの右腕が爆散し吹き飛ぶ破裂音だった。

◆

「何だお前。いや、いい。お前は何も言わなくていい。お前が一体誰なのか、何故ここにいるのか――――聞きたいことは山程あるが、それ以上に俺は今――――」

沸き立つ怒りを抑えながらジークリンデの様子を窺う。詳しく確認しなければ正確な所は分からないが、とにかく生きてはいるようだ。

視線を戻す。目の前の男は既に虫の息だった。寧ろ、右手の手首から先を飛ばされてまだ息があることを褒めてやるべきだろうか。少し考えて結論が出る。どうやら今の俺には、死にゆく者に一欠片《かけら》の優しさをくれてやる余裕すらないらしい。

「────お前を殺したい」

「ヒィッ！　ハッ、はあっ、おとうっお父さん！　痛いよお父さん助けて！」

男は害虫のように地面を這《は》いつくばりながら、非対称になった両腕を必死に動かし俺から逃げようとしていた。

………手を翳し、男のとある部分に魔法を撃ち込む。

「グギガがッ────、グゥうううッ………！」

無様な叫び声をあげ、男はのたうち回る。

「動きやすくしてやった。思う存分逃げろ」

ついさっき非対称になってしまった男の両腕は、今再び左右対称に戻った。………いや、少し左側を削りすぎたか。つい魔力を込めすぎてしまった。

「ガッ、ハッ………おとう、さん………」

「………お父さん？　何だそりゃ」

男は既に俺の言葉など耳に入っていなかった。残った身体を痙攣《けいれん》させながら、ぶつぶつと言葉を繰り返している。

ゴロン、と男の身体が横を向く。既に目は虚《うつ》ろだった。子供のように身体を丸め────恐らく膝を抱えようとしたのだろう。しかしそこで手首から先がないことに気が付いたのか、男の手は力なく血の海に落ちた。

「………もしかして何か辛《つら》い過去があったのか？　実は家族思いの良い奴だったのか？　………でも悪いな、興味がないんだ。俺は善人じゃないからな。お前を殺しても何とも思わない」

俺は男に手を翳す。既に死んでいるかもしれないが、もしかしたらまだ息があるかもしれない。

「お前が不幸だったのはジークリンデを眠らせたことだ。こんな姿、アイツに見られたくはないからな」

俺がこんな人間だと知ったら、ジークリンデはどう思うだろうか。人を平気で殺せる奴だと知って、それでも軽蔑せずにいてくれるだろうか。

「………」

俺はいつから、アイツに嫌われるのが怖くなったんだろうか。ここ最近のような気がするし、昔からそうだったような気もする。分からないが、とにかくジークリンデに嫌われるのを想像すると心に奇妙な痛みが走った。

もしかすると………これが恋とかいうやつなんだろうか。

「なあお前………恋って知ってるか？」

返事はない。見れば、男は既に事切れていた。

◇

「んん………？」

目を覚ましてすぐに気が付いたのは、いつもよりベッドが硬いということだった。背中に感じる圧迫感がいつもの比ではない。私は昨日どこで寝たんだったか…………思考がぼやけてすぐに思い出せない。

次に分かったのは…………枕の高さ。

いつもより高く、そして硬い。まるで誰かに膝枕されているような――――

「お、やっと目ぇ覚ましたか」

「!?」

聞こえるはずのない声が聞こえて跳ね起きると――――目の前にはおかしな景色が広がっていた。

ここは自宅ではなく、目の前にはヴァイスの顔があった。そしてその背後には…………大きなコーラル・クリスタルの結晶が岩肌から顔を覗かせている。

――――意識が覚醒し、全てを思い出す。

私は何者かに襲われて…………そこからの記憶がない。

「ヴァイスッ、私は――――痛ッ」

耐え難《がた》い痛みが頭を襲い、私の頭は再び柔らかな地表に着地した。普段より少し硬いこの枕は一体何なんだろうか。頭痛が酷く、思考がまとまらない。

「何か薬品を嗅がされたみたいだな。膝を貸してやるからもう少し休んでろよ」

「膝…………？」

ぐるんと身体を回転させ、自分が頭を乗せているものを確かめる。どうやら私はヴァイスに膝枕されているらしい。

　ほうほうなるほど、ヴァイスの膝か――――

「――――$●♪◎△×¥?!!??」

「だから安静にしてろって。どこか痛む所はないのか?」

　堪《たま》らず暴れる私をヴァイスの大きい両手が押さえつける。暫く抵抗した後、私は何とか冷静さを取り戻した。

「あ、ああ……………今の所は問題ない。頭が少し痛むくらいだ」

　現在進行形で心臓が悲鳴をあげていたが、それはまた別の話。

「私を襲った奴はどうなった?」

　この状況から察するにヴァイスが追い払ってくれたんだろうが。

「少し脅かしたら逃げていった。コイツを落としてな」

　言って、ヴァイスは紙束を私の眼前に晒す。それはこの洞窟の地図だった。

　それも――――恐らくは私が持っているものと全く同じ。

「…………その地図は、魔法省の人間しか持ち出せないものだ。それを所持していたということは…………魔法省の関係者である可能性が高い」

「なるほど。つまりお前は狙われたって訳だ」

　言いにくかったことを、ヴァイスはいとも簡単に口にした。

「…………そうだろうな。それを持っていたということは、まず間違いないだろう」

命を狙われる、という体験をした私だったが、意外と心は乱れていなかった。表に出ていないだけで、魔法省高官が狙われるというのは聞かない話ではないからだ。

「帝都から出るタイミングを狙ってきたか……………私がここにいることを知っている人間は魔法省でも極僅かだ。私が死んで喜ぶ者となると、かなり限られてくるだろうな」

魔法省長官補佐の地位を狙っている者か、フロイド家が魔法省に関わっているのが邪魔な者か。いくつか顔が思い浮かぶが、これという人物はいない。

「…………犯人を逃したのが痛かったな。話を聞ければ良かったんだが」

「今から追いかけても無駄だろうな。もう遠い所に行ってるだろう」

「そうか…………残念だが仕方ない。帝都に戻ったら色々探ってみるさ」

「そんな呑気《のんき》な対応で大丈夫なのか？　命を狙われてるんだぞ」

「問題ない。帝都で私に手を出せる人間はまずいないからな――――ああ、ヴァイス」

「何だ？」

「まだ礼を言っていなかった。助けてくれてありがとう。お前がいなかったら私は今頃どうなっていたか」

「気にするな。今日の俺はお前の護衛だからな。自分の仕事をしただけだ」

そう言ってヴァイスは私から視線を外した。それを確認して、私は目を閉じる。ヴァイスの膝の上は妙に安心出来て、起きたばかりなのにこのまま眠れてしまいそうだった。

――――どれくらいの間そうしていただろうか。

ふと目を開くと、ヴァイスが哀《かな》しげな顔で私を見つめていた。ヴァイスには珍しい表情でドキリと胸が跳ねる。

「どうしたんだ？」

「…………何でもない。そろそろ立てるか？　実はコーラル・クリスタルを発見したんだ」

「ああ、そこに見えているやつか…………待て、今立つ」

最後にヴァイスの膝の温かさを噛み締めて、私はゆっくりと立ち上がる。軽く身体を動かして異常がないかを確認する。

…………怪我はなさそうだな。

「これは相当大きいんじゃないか？　掘るのも大変そうだが」

「そうだな…………割らずに掘れれば一億ゼニー以上にはなるだろうな」

私達の視線の先にあるのは、岩壁を縦に裂くような赤い稲妻。きっとこの奥には、今見えている何倍も大きなコーラル・クリスタルが眠っている。他の壁も確認してみると、そのような箇所がいくつもあるようだった。

「どうだ？　ここは使えそうか？」

「ああ。何者かに掘り進められていたのは驚いたが、この様子ならまだまだ涸《か》れてはいないだろう。こっちの道はここで行き止まりのようだし、さっさと記録してもう片方の道も見てみることにするか」

それから私達は速やかに調査を終え、久しぶりに太陽の下に帰ってきた。結果としてあの広場の他にも沢山のコーラル・クリスタルが眠っていることが分かり、今回の視察の成果は上々と言えた。

「うっし…………じゃあ帰るか」

ヴァイスは身体を伸ばしながら二輪車に歩いていく。私は慌ててその背中を呼び止めた。

「ヴァ、ヴァイス！」

「どうした？」

ヴァイスがこちらを振り返る。その後ろでは、太陽がいつの間にか夕日色に染まっていた。

「…………帰り道なんだがな、少しゆっくり走ってはくれないか」

色々なことがあってすっかり後回しになってしまったが――このまま流される訳にはいかない。私は絶対にヴァイスに甘えてみせるぞ。

◆

ジークリンデの要望通り、俺達はゆっくりとしたペースで帰路についていた。行きの半分ほどのスピードしか出ておらず、このままでは帝都に着く頃にはすっかり夜だ。リリィの為にも早く帰ってやりたい気持ちはあったが…………もう少しジークリンデと二人でいるのも悪くない気がした。

「…………」

ジークリンデはさっきから一言も喋らない。何か言いたそうな雰囲気こそ感じるものの…………一体何を躊躇しているのやら。

「…………むぅ」

長い沈黙を破ったのは、ジークリンデのそんな呟きだった。聞き流すのも何なので拾ってみる。

「何だって？」

「…………何でもない。自らの不器用さに辟易《へきえき》としているだけだ」

「今更か。もうすっかり受け入れてるもんだと思ってたが」

コイツの性格は筋金入りだ。少なくとも、出会った時には既に今の性格だった。

「受け入れられるものか。私だって好きでこんな性格をしている訳じゃない。お前みたいなのを羨ましく思ったりする時もあるんだ」

「どういう意味だそれ。俺が軽い性格だとでも言いたいのか？」

「そうだろう。学生時代だって、女子から随分人気があったじゃないか。あの手この手で誘惑していたと聞いているぞ」

「してねえよ！　つか、絶対嘘だろそれ。聞いている、ってお前学校じゃ誰とも話してなかっただろうが」

「話す必要がなかっただけだ。勉強は一人でも出来るからな」

「…………とにかくお前があの頃から全く変わってないことだけは分かった」

コミュニケーションは必要か不必要かでくるような行為ではない。リリィだって知ってることだ。

「…………確かに私は不器用だろう。可愛げもない女だ。一緒にいても面白くないのは分かる」

ジークリンデはこの世に存在するあらゆる言葉で自分を卑下し始めた。止めようとも思ったが、この後の論理展開が気になった俺はスルーしてみることにした。声色的にそこまでネガティブな話でもなさそうだしな。

「……そんな私だが、このままではいけないという思いもある——という訳でだ」

「という訳で？」

「……練習……に付き合って欲しい……と思う」

「練習？　何のだ？」

「それはお前っ……その……あれだ。男女の……そういうやつだ」

「男女のそういうやつ？　そういうやつってのはつまり……そういうやつってことか？」

「……そうだ。そのそういうやつだ」

「……ほお」

ジークリンデの口からまさかそんな言葉が出てくるとは。流石にかなり驚いた。

「いやほらっ、丁度私達は夫婦ということになっているだろう！　疑われない為にも極力本当の夫婦のような空気を作る練習はしておいた方がいいと思ってな！　別に私がそうしたいとかっ、そういう訳ではないからな！」

「まあそれはそうだろうが……」

ジークリンデにそういう恋愛感情があるようには思えない。ラブロマンスがしてみたい、という欲求があるような奴はコミュニケーションを必要か不必要かで考えないだろう。

「だが…………いいのか？　俺が相手で」

「それは…………仕方ないだろう。こうなってはお前しかいない。私はお前の…………妻、ということになっているんだからな」

「それもそうか…………」

俺の妻として魔法学校の入学式に参加してしまったジークリンデには、もう選択肢が残されていなかった。もしかすると悪いことをしてしまったか…………？

「まとめると――――お前は愛嬌のある性格になりたい。そしてその練習として、俺と本当の夫婦のようなやり取りをしてみたい。それで合ってるか？」

「…………その通りだ。済まないが頼まれてくれると嬉しい」

「別に構わないが…………夫婦らしいやり取りねえ」

正直、そんなものは俺も分からない。だが、とりあえず今のジークリンデに決定的に足りていないものなら知っていた。

「ジークリンデ。お前はまず笑顔を練習しろ」

「笑顔…………？」

「そうだ。お前とは長い付き合いだが、お前の笑顔を見た記憶が殆どない。コミュニケーションには笑顔が不可欠なんだよ」

実は俺が見てみたいだけ、というのは伏せておく。間違ったことは言っていないはずだしな。

「…………実は私も笑顔は必要だと考えていた。最近は部屋の鏡の前で練習したりもしているんだ」

「そんなことしてたのか…………」

静まり返った部屋の中で、一人笑顔の練習をするジークリンデ…………ちょっとしたホラーだな。

「で、その練習の成果はどうなんだ？」

「一応、自分なりの笑顔はマスターしたつもりだ。まだ誰にも見せたことはないがな」

「ほう…………」

俺は二輪車への魔力供給を止めた。二輪車は徐々に減速し、荒野のど真ん中で完全に停止する。

俺は荒野に降り立つと、ジークリンデに視線を向ける。いつも通りの真顔がそこにあった。

「よし、お前なりの笑顔を俺に見せてくれ」

「きゅ、急に言われてもだな…………ちょっと待ってろ」

ジークリンデはそう言うと、両手で顔を覆い隠し揉《も》みほぐし始めた。笑顔とはストレッチが必要なほどの運動だったのか。知らなかった。

「…………笑うなよ」

十秒ほどのストレッチを終え、ジークリンデは顔を覆い隠したまま言う。

「笑わねえよ」

「よし…………じゃあ…………やるぞ」

「…………ごくり」

――――ジークリンデが、ゆっくりと手を外していく。

蕾《つぼみ》が開いてやがて花になるように、細い指の下にはコイツなりの笑顔が花を咲かせていた。

「…………」

「…………」

「…………」

「…………」

沈黙だけが、この広い荒野を支配していた。俺はもう一度しっかりとジークリンデの笑顔を瞳に焼き付けると、二輪車に乗り込み、ゆっくりとアクセルを回す。二輪車はスピードを上げ、砂利道を走る音だけが茜空《あかねぞら》に溶けて消えていく。

「…………」

「…………」

「…………」

「…………」

「…………ぷっ」

「あ、おい！　今笑っただろ！　笑うなと言ったよな!!!」

「ぷっ…………くくくっ…………す、すまん笑うつもりは…………ぷぷっ…………！」

「くそっ、だから見せるのは嫌だったんだ！　とんだ恥をかかされたぞ！」

「叩くな叩くなっ、落ちるからちゃんと摑まっててくれって」

ジークリンデが片手を離し、俺の背中を叩く。相当恥ずかしかったんだろう、割と洒落にならない威力だった。

「…………くそ。やらなきゃよかった」

お腹に戻ってきた手が、ぎゅう、と強く締め付けてくる。その後、小さな衝撃が背中を打った。意気消沈したジークリンデは俺の背中に額をつけ、項垂《うなだ》れているようだった。

「まあそう凹《へこ》むなって。今度から俺も練習に付き合ってやるから」

「いらん。次にお前に見せるのは完璧にマスターした時だ」

「そうか――――なら楽しみにしとく」

ジークリンデがしっかり掴まっていることを確認し、アクセルを思いっきり開ける。景色がどんどん後ろに流れていき、現実味が薄れていく。そんな中でジークリンデの体温だけが確かに感じられた。

「…………」

この状況はなかなかに夫婦らしいんじゃないか――――そう思ったが、言わないことにした。下手に刺激して手を離されては困るからな。

第五章 リリィ、がんばる

My daughter was an unsold slave elf.

自らが一番優秀なのだと信じて疑ってこなかったレイン・フローレンシアにとって、リリィ・フレンベルグという存在はまさに目の上のたんこぶだった。

忘れもしない――――リリィがコーラル・クリスタルを破壊したあの日から、リリィは教室内において「魔法と言えばリリィ」という確固たる地位を築き上げていた。それはレインが欲しくて欲しくて堪らなかった称号であり、張本人のリリィがそのことをありがたがっている様子が全くないこともレインを激しく刺激した。

レインは次第に「どうやってリリィを見返すか」ばかり考えるようになり、皮肉なことにそのお陰で魔法の技術は急速に上達していた。今なら私だってコーラル・クリスタルを破壊出来るのに――――そう考えて修練室に忍び込んだことすらあった（その日は調子が悪く壊せなかったが）。

そうしてレインはぷすぷすと煮えきらない日々を過ごし――――ついに待ち望んでいた日が訪れた。

□

「ようし、それじゃあ来週は一学期の成績を決める実技のテストをやろうかね。またあの森に行くよ」

エスメラルダの言葉に教室が沸き立つ。まだ太陽も昇りきらぬ朝のホームルームのことだった。

「うおおおおおおお！」

「やったー！　ていとの外にいけるぞ！」

「せんせー、ぽよぽよもつれていっていー？」

遊び盛りの一年生はピクニック気分のお祭り騒ぎ。テストという言葉は聞こえていなかったのか、それとも言葉の意味が分からないのか、はたまたそんなことお構いなしなのか。ざわざわと騒がしくなる教室の中で――――ただ一人、レインだけは目を閉じ小さく頷いた。

（ついにこの時がきたわね…………リリィをたおして私を皆にみとめさせるこの時が）

削れる睡眠時間は削った。

読める魔法書は時間の許す限り読んだ。

あの屈辱の日から今日までの約二か月、出来る努力は全てしてきたとレインは胸を張って言えた。

これでまたリリィに負けるようなことがあれば、その時は今まで築き上げてきた自分の中の自信やプライド、その全てが砕けてしまうくらいに。

（実技のテスト………相手はおそらくスライムね。あの森にはそれくらいしか魔物はいないはず。家に帰ったらスライムに特別効く魔法がないか調べてみましょう）

レインは早速頭の中でテストに向けての対策を練り始めた。スライムなど今更いちいち気にするほどの相手でもないが、テストの形式次第では足を掬《すく》われる可能性があると考えたのだ。どこまでも可能性を潰していくその慎重さは、実戦において何よりも大切な素質でもある。もしこれが実践ではなく命を懸けた実戦であったなら、最後まで立っているのは間違いなくレインだっただろう。

「こらこら、まだ話は終わってないよ。テストについて詳しく説明するからね」

エスメラルダは立ち上がり、黒板にテストのルールを板書していく。

『・テスト内容：スライムの討伐』

『・評価方法：数、種類』

（えっと………たんじゅんにスライムをどれだけたおせるかってことかしら。種類についてはどれもにたようなものだったはずよね）

予想通りの内容に、レインは胸中の自信を確かなものにする。この内容であれば間違いなく自分が一番を取れる、と。

………だが。

『・方式：二人一組のチーム対抗戦』

（二人一組ですって………？　一人ならぜったいに勝てたのに）

レインは苦虫を噛み潰したような表情で黒板を、そしてエスメラルダを睨みつける。クラスで自分が一番優れていると思っているレインにとって、誰と組まされることになっても足手まといになるとしか思えなかった。

そして――――そんなレインを更に落胆させる発言がエスメラルダから飛び出す。

「チーム分けはそうさねえ………席の並びでいいかねえ」

（うそでしょ――――!?）

レインは反射的に隣の席を見やる。

そこには、最も打ち倒したい相手であるリリィ・フレンベルグが座っているのだった。当のリリィはエスメラルダの話を全く聞いておらず、ペットのぽよぽよに木の実を食べさせている。

「………ん？」

リリィは視線を感じ、顔を上げる。きょろきょろと周りを見渡し――――レインが自分を見ていることに気が付いた。レインも餌をあげたいのかな、と思ったリリィは机の中からぽよぽよを引っ張り出す。ぽよぽよはびよーっと伸びてリリィの手の中に収まった。

「れいんもさわる？」

「いらないわよ！」

テストなんて関係ない――――リリィの行動がそんなスカした余裕に見えたレインは、声を荒らげて顔を逸らした。こうなるともう、リリィの何もかもが気に入らない。

「そっかー。てすとたのしみだねー！」

「………」

にへらっと笑うリリィ。今話している相手がテストのパートナーだなどと全く気が付いていない。

（…………一体なんなのよ、このおこちゃまは…………！）

自分は全く相手にされていないのではないか――――そんな黒い感情がレインの中に渦巻いていく。

その疑念はやがて大きな炎に成長し――――近い未来、レインの身を焦がすことになる。

◆

「ぱぱー、てすとだってー！」

学校から帰ってきたリリィが勢いよくリビングに走り込んできた。バタバタと慌ただしくリュックとローブ、帽子を床に脱ぎ捨て、ソファで横になっていた俺の胸に飛び込んでくる。

「わぷっ…………テスト？　もうやったのか？　あと帰ってきた時の挨拶は？」

「ただいま！　んーん、らいしゅーやるんだって」

「来週か。何をやるんだ？」

「なんかね、ぽよぽよをたいじするんだって。りりー、いやだなー…………」

しょげた顔で俺の胸に顔を埋めるリリィ。頭をわしわし撫でてやると気持ちよさそうな声をあげる。

「スライム退治？　…………ってことは実際に魔物と戦わせるのか。一年生でやるテストじゃないぞ、そんなの」

実地訓練は普通なら三年生でやる授業だ。確かにスライムなんて一年生でも余裕で倒せるんだが、安全に安全を重ねるのが教育というものだからな。一年生を戦わせるなんて危険な真似は普通の先生ならまずしない。

……この前連れ出した時は一応ピクニックという名目だったらしいが、今回は紛れもない実地訓練。よく学校側から許可が下りたな。下りてないのかもしれないが。

「りりーもぽよぽよたおさないといけないのかなあ………」

「うーん………そうだなあ」

テストは大切だ。だが、全てではない。俺は学校の成績より大切なものがあると考えている。それは自分の身を守れるだけの強さを身に付けるということだ。リリィにはいずれ訪れる困難に立ち向かうだけの強さを手に入れて欲しい。それがこの親子生活のゴールだと考えている。

その為には………。

「リリィ、聞いてくれるか？」

「んー？」

リリィは顔を上げ俺を見る。穢《けが》れを知らない綺麗な瞳がそこにはあった。

……いや、穢れを忘れたと言った方が正しいか。かつてリリィの瞳は光を失っていた。

「リリィはぽよぽよと仲良くしたいんだよな？」

「うん………りりーはね、ぽよぽよとあそびたいだけなの」

「そうだよな。でももしリリィがピクニックに行って、怖い魔物にぽよぽよが襲われてたら…………どうする？」

「たすける！」

「どうやって助けるんだ？」

「まほーでやっつける！」

「怖い魔物は魔法でやっつけてもいいのか？　怖い魔物にも家族がいるかもしれないぞ？」

「…………あう。えっと…………どーなんだっけ…………だめかも…………」

リリィは困った様子で頭を抱える。

…………ごめんな、この問題に答えなんてないんだ。

「リリィが助けてあげなかったらぽよぽよは死んでしまう。でもその為には怖い魔物を倒さなきゃいけない。困ったな、リリィ」

「…………うぅ…………ぱぱ、どーしたらいいの？」

「それはな、実はパパにも分からないんだ。でも一つだけ確かなことは――――そうやって俺達は生きているってことだ」

「…………うーん、よくわかんないかも…………」

「そっか…………リリィにはまだ早かったかもしれないな」

「でもね、ぱぱ」

「何だ？」

「りりーはね、やっぱりぽよぽよたすけたい！」

「そうか……………リリィは優しいな」

柔らかで温かな光が腕の中にある。リリィを抱っこしていると、俺まで良い奴になったような気さえした。

「それじゃあ……………こういうのはどうだ？　誰かを助ける時だけ戦う、ってのは」

「たすけるときだけ？」

「そうだ。今回の話だと怖い魔物にぽよぽよが襲われているだろ？　そういう時だけ戦ってもいいんだ」

「！　なんかよさそーかも！」

自分なりの答えを見つけ、リリィは笑顔になった。

俺が言ったのは綺麗事かもしれないが、走り出すきっかけとしては充分だろう。いつかこの考え方だけではどうしようもなくなる時が来る。その時に、改めてリリィなりの答えを見つけてくれればいいと思う。

「という訳で、テストは無理してやらなくてもいいからな」

「わかった！　くーまーたんあーそぼー！」

元気を取り戻したリリィは俺の上から降りると、部屋の隅で眠っていたくまたんにちょっかいをかけ始める。ゴロゴロと床を転がりながら取っ組み合いのじゃれあいを始める一人と一匹を眺めながら、俺は教育の難しさを噛み締めていた。

……………俺なら、その状況でどういう選択をするんだろうな。

誰かを助ける為には誰かを攻撃しなければならない。残念ながらこの世はそういう風に出来ていて、全員が笑顔になれる答えなんてものは存在しない。今この瞬間も俺達は何かを犠牲にしながら生きている。家は樹木を伐採して作るものだし、今朝食べたのは動物の肉だし、今座っているソファだって何かの皮だろう。リリィとくまたんが寝転んでいる敷物は、言うまでもなくエンジェルベアの毛皮だ。

――全員が幸せになれる答え。

もしそんなものがあったとしても……………きっと俺には理解出来ないだろう。

俺は善人ではないからだ。

□

「ついたー！」

「あそぼあそぼ！」

「私スライムつかまえたい！」

「こらこら、今日は遊びに来た訳じゃないんだよ。先生の所に集合してくれるかね」

テスト当日。

森に到着した子供達は蜘蛛《くも》の子を散らすように四方八方に駆け出していく。エスメラルダは両手を叩いて子供達を集めると、テストの説明をし始める。

「ようし、じゃあこれから魔法のテストを始めるからねえ。伝えていた通り二人一組のチーム対抗戦だよ。皆、自分のペアが誰かは覚えているかね？」

子供達はきょろきょろとお互いを確認しあいそれぞれ集まり始めた。リリィもレインを見つけると、とてとてと傍に寄った。レインはリリィに視線をやることなく、先生の話に耳を傾けている。

「もう一回ルールをおさらいするからね。制限時間はお昼まで、スライムを倒す毎に一ポイントだよ。もし珍しい色のスライムを倒せたら特別ボーナスをあげるからね。危ないから単独行動は禁止、必ずペアで行動するように。当たり前だけど、叩いて倒すのはダメだからね。必ず魔法で倒すように。分かったかい？」

はーい、と元気な声の合唱が森に響き渡る。早く森に突進したい子供達は、ふくらはぎに力を入れうずうずと忙しない。エスメラルダはそんな子供達の様子に心の中でため息をつきながらも、つい口の端を緩めてしまうのだった。

「それじゃあ早速始めようかね。よーい…………スタート！」

「わーい！」

「なにしてあそぶ⁉」

「わたしおままごとしたい！」

エスメラルダの合図で、堰《せき》を切ったように森に雪崩《なだ》れ込む子供達。レインはリリィを置いて森に入っていく。リリィは自分が置いていかれていることに気が付くと、慌てて背中を追って声を掛ける。

「れいんー！」

「…………なにかしら」

振り返らず、足も止めず、言葉だけを返すレイン。そんなあからさまな拒絶の態度も、けれどリリィには伝わらない。

「れいんあのね、りりーおはなしがあるの」

「話？」

「…………りりー、ぽよぽよたおしたくないの」

□

「そう、ならあなたはたおさなくていいわ」

リリィの告白は、実はレインにとって予想の範囲内のことだった。そして、それに対する答えも準備していた。

「私達、べつこうどうにしましょ？　あなたはそのあたりで遊んでいればいいわ」

レインは考えた――――どうすれば自分がリリィより優れていると証明出来るのかと。そしてフローレンシア家の情報網を総動員し『森の最奥部にスライムキングがいる』という情報を掴んだ時、レインの中には一つのシナリオが浮かんだ。

――スライムキングを討伐すれば、皆私の凄さに気が付くだろう。

その為にはまず、リリィと別行動をする必要がある。リリィと一緒にいては結局二人の力と見なされてしまうからだ。幸いにもリリィは魔物を攻撃するのは嫌だとテストに難色を示していたし、上手くやれば単独行動することが出来るはず。

「さっきせんせーが、いっしょにいなきゃだめって」

「私なら一人でも平気よ。スライムなんかに負けるわけないもの」

「で、でも……」

「分からない？　ハッキリ言って、あなた足手まといなの。一緒にいて足をひっぱられてもこまるのよ。はい、かいさんね」

レインはそう言い捨て、森の奥に駆け出していく。リリィは慌てて追いかけるが――木の根に躓いて転んでしまった。

「れいんまって――わっ！」

どしん、と勢いよく草原の上に倒れ込むリリィ。草がクッションになっていた為怪我はなかったものの、びっくりしてすぐには立ち上がれない。目にはじんわりと涙が浮かぶ。

ごしごしと目を擦って顔を上げると、既にレインの背中は見えなくなっていた。

「うぅ……れいんおいかけなきゃ……」

リリィは立ち上がり、レインを追って森の奥に進んでいく。さっきまでは楽しい気持ちに包まれていたのに、今は不安でいっぱいだった。道中でスライムを見つけても全然嬉しくない。鬱蒼とした森の中で、リリィは次第に心細くなっていく。

「れいんー？　れいん、どこー…………？」

リリィの声は深い森の奥までは届かない。仮に届いたとしても、レインには返事をする気などさらさらなかったが。

「うう…………なんかこわい…………」

どれほど時間が経っただろうか。

レインの背中を探して必死に歩き続けていると、ちらほら聞こえていた他の子供達の声もいつの間にか聞こえなくなっていた。歩き疲れたリリィは、大きな木の傍に座り膝を抱え込む。すると、近くを通りかかったスライムがなんだなんだ、と近付いてきた。

「ぽよぽよ…………？」

リリィが手を伸ばすと、スライムが身体を擦り寄せてくる。ひんやりとした身体を優しく撫でていると、スライムは気持ちよさそうに目を細め眠り始めた。

「ぷぷ、ねちゃった」

暫くスライムを撫でていると、いつの間にか不安な気持ちはどこかに吹き飛んでいた。リリィは立ち上がり、再び森の奥に歩き出した。

□

「スライムキング…………どこにいるのかしら」

濃い緑に包まれた森の中、レインは木々の合間に目を凝らしながら呟いた。高い木々は互いに枝を絡め合わせ太陽の光を遮り、大きな影を地表に落としている。薄暗い視界の中で遠くを見通すことは難しく、レインの心にじわじわと焦りが広がりだす。

お昼までに集合場所に戻らなければならないことを考えると、リミットはすぐそこまで近付いていた。特に目印を残してこなかったレインは分かってはいたがとうの昔に迷子になっていて、帰るのにはそれなりに時間がかかりそうだった。

「さすがに少しつかれたわね…………」

もうかれこれ一時間は歩きっぱなしのレインである。深い森の中は苔《こけ》むした岩や太い木々の根っこが好き放題にうねり合っていて、歩くだけでもかなりの体力を消費した。白い肌にはじんわりと汗が浮かび、顔には疲労の色が見え始める。

（あれは…………なにかしら？）

休憩したいが、時間に余裕はない。逸《はや》る気持ちに任せて身体を動かしていると、レインは遠くの方にぼんやりと明るい空間があることに気が付いた。どうやらそこだけ太陽の光が降り注いでいて、それで明るくなっているらしい。

レインは吸い寄せられるように光の方へ足を運ぶ。

ぱあっと視界が開け——そこには幻想的な景色が待っていた。

「…………きれい…………」

レインの目の前に現れたのは——美しい泉だった。

泉の水は透明でありながら、微《かす》かな青みを帯びていた。太陽の光がその水面に反射し、レインの目には煌めく光の粒が舞っているかのように映った。まるで泉自体が生命を宿しているかのような輝きに、レインは知らず知らずのうちに泉の傍に近付いていた。

「…………」

レインはしゃがみ込み、泉に手を触れる。清らかで冷たい感覚が指の間を抜けていく。清涼感が全身に広がり、のしかかっていた疲労がすーっと解けていくのを感じた。

（…………さっきは言いすぎたかしら…………あの子、迷子になってないわよね）

そよ風を受けゆらゆらと揺れる水面を眺めていると、レインの心中で少しの変化が起こり始めた。心の奥底で燃え燻《くすぶ》っていた黒い炎が、だんだんと小さくなっていくのだ。どうして私はこんなにムキになっていたのか、ついさっきまでそうだったのに他人事《ひとごと》のように実感がない。

（…………きっと、先生の所に帰っているはず。私を追ってきてるなんてことないわ）

自分を追いかけて迷子になるリリィの姿が、消しても消しても浮かび上がってくる。リリィは私より一回りは背が低い。もし追いかけてきていたら、大変なことに——

「…………帰ろう。ルールを破るなんて、どうかしていたわ私」

レインは立ち上がり泉に背を向ける。不思議と、憑《つ》き物《もの》が落ちたように心は楽になっていた。身体にもすっきりとした活力がみなぎってくる。

「戻ったら、あの子に謝ろう。先生にも謝らなくちゃ」

そう決心するレインの背後で――――奇妙な現象が起こっていた。

まるで空から吸い上げられるように泉が宙に持ち上がっていき――――大きな影がレインを暗く染めた。

――――急に周りが暗くなった。

レインの背後で起こった出来事は、そういう形でレインに認識された。そしてこの感覚をレインはよく知っていた。

それは日中に外を出歩いている時によく起こる。自分の背後を歩いている大人が、不意に太陽を遮り大きな影を作る時がある。その影に飲み込まれた時、急に夜になったような錯覚を起こすのだ。

つまり――――

「――――ッ!?」

背後に強烈な気配を感じて振り向くと――――そこには衝撃的な景色が待っていた。

「う、うそでしょ………?」

レインの視界いっぱいに広がる青色の球体。それは奇妙なことに、さっきレインが手を触れていた泉と同じ色をしていた。更に不思議なことに、さっきまでここにあった泉が、蒸発してしまったかのように忽然《こつぜん》と姿を消していた。

夢でも見ているのか、と頬をつねろうとするレインを――球体は待ってはくれなかった。

「ボオォォォォオオオオォォォォ!!!!」

「きゃっ！」

今までの人生で全く聞いたことのない音が、衝撃波となってレインを襲った。レインは大きく吹き飛ばされ、太い樹木に強《したた》かに背中を打ち付けた。

「うう……痛た」

強烈な痛みにレインの視界が一瞬フラッシュする。身体中が雷に打たれたように麻痺《まひ》し、背中だけが焼けるように熱かった。

「はあ……はあ……」

苦痛に顔を歪めながら、ぼやける視界の中で捉えたのは――球体に浮かぶ二つの目。ぎょろりと大きな瞳がしっかりとレインを見据えていた。

（……これが……スライムキング……？　とりあえず、立たなきゃ……）

途切れ途切れの思考を何とか繋ぎ合わせ、一本の線に撚《よ》り上《あ》げていく。絶望的な状況にも関わらず心の芯は落ち着いていた。レインはそのことが不思議なようで、その一方でそうだろうなという確信もあった。自分がパニックに陥るという感覚がどうしても想像出来なかったのだ。

レインはまだ六歳――普通ならパニックになってもおかしくない年齢だ。命の危機にあって水面のように落ち着いた精神は、クラスの他の誰にもない、レインだけの天性の才能だった。

レインは背中の樹《き》に体重を預け、ゆっくりと立とうとする。だが、下半身の踏ん張りが利かずずるずると滑り落ちてしまう。その間にも、スライムキングは地面を侵食するようにゆっくりと近付いてきていた。

（立つのは無理…………か。それなら――――）

レインは痺れる右手を何とか動かしポケットから杖を取り出すと、それを真っ直ぐスライムキングに向ける。

（スライムキングの弱点は――――雷。私の属性だわ…………！）

レインは意識を杖先に集中させる。瞬間的にレインは自らが置かれている絶望的な状況と、眼前に迫る巨大なスライムのことを頭から消し飛ばしていた。

――――今、レインの世界にあるのはS級素材『雷獣シルバー・ファングの頭骨』を使用した最高級の杖と、痛みで痺れる右手の感覚だけ。何十何百と練習を重ねてきたレインの右手は、こんな最悪の状態でも最高の魔力を杖に送り出した。

（…………………………いける――――――ッ!!）

ふわ、と花が咲くように、大きな黄色の魔法陣が音もなく杖先に出現した。そこには授業で習っていない槍状の形状変化が記されている。

…………レインにとって槍状の形状変化は、コーラル・クリスタルに負けリリィに話題を攫《さら》われた嫌な思い出のある記述。けれどレインはこう考えた――――嫌な思い出は、成功体験で上書きしてしまえばいいいと。

形状変化の外側に――――あの時はなかったもう一段が存在する。それは本来上級生で習うはずの『加速』の記述。レインは独学でそれをマスターしていた。

(これが…………今の私の全力…………ッ)

スライムキングは、既にレインの目の前まで近付いていた。あと数秒もすればレインはその大きな身体に飲み込まれてしまうだろう。それはすなわち死を意味していた。レインはそれを理解した上で、身体に残った全ての魔力をしっかりと魔法陣に伝えきった。

――――魔法陣が、一際強く光り輝く。

レインはその瞬間を決して見逃すまいと先に瞬きをし――――終わる頃には、雷槍は既にスライムキングの身体を貫通し終えていた。

レインの放った渾身の魔法はスライムキングの身体を貫くだけでは足りず――――丸く刳《く》り貫《ぬ》かれた身体の穴から、十数メートル向こうまで樹木が抉《えぐ》られているのが確認出来た。

(…………やった…………の、かしら…………?)

身体の大部分を失ったスライムキングがぼとぼとと地表に墜落するのを確認し、レインはそこでやっと呼吸が出来た。ふう、と大きく呼吸をして目を閉じると、じわじわと腹の底から大きな達成感が込み上げてくる。死から解放された安堵《あんど》と共に魔力を使い切った疲労感も襲ってきて、何だかこのまま眠ってしまいたい気分になった。

(…………って、ダメダメ。お昼までに戻らなきゃいけないんだから)

首を振り、気合を入れるように頬を叩く。新鮮な空気を思い切り肺に入れる。重たい瞼をごしごし、と擦って…………カッと目を見開いた。

「────え」

すっかり元通りになったスライムキングが、樹の洞《うろ》のような暗い瞳でレインを見下ろしていた。

いつでも冷静さを失わないレインの才能が、この時ばかりは裏目に作用した。

(…………ダメ、か)

身体は満足に動かず、魔力はもう一滴も残っていない。何より…………気力がもう尽きていた。

レインの頭脳は極めて正確に状況を整理し、瞬時に『自らの死』という計算結果を弾き出した。

思わず笑いそうになるくらい、レインはその答えに自信が持てた。

(…………まさか、こんなところで終わりなんて、ね)

やり残したことは、まだ山のようにあった。

母親に認められたい。

クラスの皆に認められたい。

優秀な魔法使いになってフローレンシア家をもっと大きくしたい。

…………あの子に────リリィに、今日のことを謝りたい。

カランと音を立てて、レインの手から杖が転がり落ちる。レインはそれを拾う代わりに────ゆっくりと目を閉じた。瞼が落ちるその間際に、足元までスライムキングが迫ってきているのが見えた。

「…………こんなはずじゃ、なかったのになあ…………」

ズズズ、と足先が何かに飲み込まれていく。死の間際には何とも不釣り合いなひんやりとした感覚に「ああ――そういえばこれは元々泉だったたな」なんて、そんなことを最後に考えた。

「…………」

…………思考を放棄しても、音だけは鮮明に頭の中に響いた。どうやら耳は律儀に最後まで仕事を全うするつもりらしい。耳を澄ませると、身体が飲み込まれていく不快な音の中に、風の吹き抜ける音や心地よい鳥の囀《さえず》り、そして――

「れいん～～～～っ」

――聞こえるはずのない声が、聞こえた。

□

(…………どーゆーじょーきょー……?)

やっとレインを発見したものの、その状況はリリィの理解の範疇《はんちゅう》を遥かに超えていた。ただ、レインが襲われていることだけは分かった。おっきなぽよぽよにレインの身体が半分くらい飲み込まれていたからだ。

「リリィ…………？」

「れいん、だいじょーぶ!?」

リリィは慌ててレインに駆け寄ろうとする…………が、レインはそれを手で制し叫ぶ。

「リリィ！　私のことはいいから今すぐにげて！」

「えっ、えっ、なんで…………？」

「いいから！　はやく！」

レインの剣幕に、リリィは困惑し固まってしまう。そしてその隙をスライムキングは見逃さなかった。

「ボオォォォォォ…………」

スライムキングはその大きな身体をゆっくりとリリィの方に進ませていく。それによりレインの身体は解放されたが、やはりまだ力が入らず立ち上がれない。

「なにしてるの！　はやくにげなさいってば！」

「えと、えっと…………」

どうすることも出来ず、混乱してうろうろと辺りを往復するリリィ。その間にもスライムキングはじっとりと距離を詰めていく。

リリィは何度かその場を往復した後、ぽよぽよから解放されたレインが座り込んだまま動かないことに気が付いた。

（れいん…………けがしてる…………？）

（おっきなぽよぽよにやられた…………？）

リリィは足を止め、スライムキングに視線を向ける。リリィの知るぽよぽよは心優しい生き物のはずだったが、おっきなぽよぽよからは嫌な感じがした。ヴァイスならそれを「敵意」と呼んだだろうが、リリィにはまだそれが何か分からなかった。

「ボオォォォォ…………」

「リリィ！　そいつとたたかっちゃダメ！　にげて！」

（やっぱり…………おっきなぽよぽよが、れいんいじめた）

レインの悲痛な叫びについにリリィは状況を理解することが出来た。慌ててポケットから杖を取り出し、ぽよぽよに向ける。

…………向けたはいいものの、リリィはどうしても魔法を使う気力が湧かなかった。いざこうして杖を生き物に向けてみるとそこにはどうしようもないほど高い壁がある気がした。レインとは裏腹に、リリィには実戦に必要な素質が圧倒的に不足していた。

「…………うぅ」

リリィの感情がぐちゃぐちゃになっている間に、スライムキングはリリィの目の前まで迫っていた。レインは傍にあった石を摑むと、スライムキングに向かって思い切り投擲《とうてき》する。

「────このっ!!」

「ボオォォォォ…………？」

ドプン、と石がスライムキングに飲み込まれる。液体の身体を持つスライムキングにその攻撃は何一つダメージを与えることは出来なかったが、興味を再びレインに向けることには成功した。スライムキングはゆるりと身体を反転させ、再びレインを飲み込まんと前進する。

「うう……うう……」

リリィはそれを黙って見ていることしか出来なかった。目の前の状況は完全にリリィのキャパシティをオーバーしていて、瞳からボロボロと大粒の涙が溢れ出す。レインを助けたいけど、その為に何をすればいいのか分からなかった。

そんな極限状況の中――リリィはふと、とある日の会話を思い出していた。それはテストが発表された日の、ヴァイスとの会話。


『もしリリィがピクニックに行って、怖い魔物にぽよぽよが襲われてたら……どうする？』

『たすける！』

『どうやって助けるんだ？』

『まほーでやっつける！』

『怖い魔物は魔法でやっつけてもいいのか？　怖い魔物にも家族がいるかもしれないぞ？』

『……うーん、よくわかんないかも……』

『それじゃあ……こういうのはどうだ？　誰かを助ける時だけ戦う、ってのは』

『たすけるときだけ？』

『そうだ。今回の話だと怖い魔物にぽよぽよが襲われているだろ？　そういう時だけ戦ってもいいんだ』

「たすける…………ときだけ…………！」

その言葉は、一筋の光となってリリィの心の中に降り注いだ。暗雲に覆われた空がぱあっと明るくなっていく。身体中に元気が満ち満ちていく。

リリィは乱暴に涙を拭い、顔を上げる。ぽよぽよは今まさにレインを飲み込もうとしていた。ぐずぐずしている時間はなかった。

「むずむず…………」

リリィは再び杖をぽよぽよに向けた。今度は迷わない。持てる魔力を全て杖先に集中させる。

「むずむず…………！」

クリスタル・ドラゴンの素材を使用した透明な杖の先に、赤い魔法陣が出現する。それはリリィの魔力を吸収し、大きく大きくなっていく。

やがて魔法陣はスライムキングを包み込むほど大きくなり――

「たぁ――――――ッ!!!!」

――赤い閃光《せんこう》が、辺り一帯を包み込んだ。

□

まばゆい閃光から視界が返ってくれれば、鬱蒼とした木々はリリィの魔法によって遥か向こうまで焼き飛ばされていて、抜けるような青空から柔らかな陽光が降り注いでいた。おっきなぽよぽよがいなくなっていたので、リリィはほっと一息つく。

「…………悪い夢みたい。なんなのよ、これ」

レインは森（と言っていいのかは分からないが）に視線を向け呟いた。リリィの魔法の威力はレインの想像を遥かに超えていて、そんなものが自分のすぐ横を奔っていったのでレインは思い切り腰を抜かしていた。あと少しズレていたら、間違いなく命はなかっただろう。

「…………れいん！」

リリィは今度こそレインに駆け寄った。レインは腰を抜かしていることがバレないよう、せめてもの抵抗として背筋をピンと伸ばすことにした。そんなことリリィは全く気にしていなかったが。

「れいん、だいじょーぶ!?」

「え、ええ。問題ないわ…………あやうくあなたに殺されかけたけれど」

そんなことが言いたい訳ではないのに、つい強がりが口をついて出る。気が動転していて思い通りに口が動いてくれない。

「ご、ごめん…………やりすぎちゃったかも…………」

リリィはちらと燃え焦げた木々に目をやり、しゅんとする。森を焼き払った魔法使いとは思えない子供らしい態度に、レインの口からつい笑い声が漏れた。

「ふっ、うふふ……っ！　………うそよ、助けてくれてありがとう。それと………今朝はごめんなさい。あなたにひどいことを言ってしまったわ」

「ひどいこと？」

リリィは首を傾げる。朝はレインが単独行動すると言い出しびっくりしてしまったので、自分が何を言われたかあまり覚えていなかった。

「ほら、足手まといって言ってしまったでしょう………？」

「うーん………ん〜………あっ！」

リリィは必死に今朝の記憶を引っ張り出し、確かにレインがそう言っていたことを思い出す。

「え、ちょっと、忘れていたの!?　私、とっても気にしてたのに」

「いまおもいだしたよ！　………あしでまといって、なに？」

リリィにとってそれは初めて聞く言葉だった。言葉の意味が分からなかったので印象が薄く、それで忘れてしまっていたのだ。

首を傾げるリリィを見て、レインは大きなため息をついた。

………結局、何から何まで私の空回りだったと気が付いて。

「なんでもないわ………ところで、リリィは私を追いかけてきたの？」

「うん！　せんせーがいっしょにいないとだめっていってたから」

さも当然のように、リリィは言う。

しかしその行動がリリィにとってどれだけ大変だったか、レインは手に取るように分かった。リリィの服はところどころ土で汚れていて、長い水色の髪にはいくつもの草が絡まっていた。

……………私のせいで、リリィを大変な目にあわせてしまった。

己の自分勝手な行動が引き起こした結果をまざまざと見せつけられたレインは、力なく頭を落とす。

「……………ごめんね、わがまま言っちゃって」

「んーん、ぼーけんできておもしろかった！」

リリィはふるふると首を振り、興奮した様子で頬を紅潮させる。森の探検はとても楽しくて、遊び盛りのリリィはまだまだ遊び足りないくらいだった。魔力こそ使い果たしたものの、それを補って余りある元気が身体に満ちている。

やっとレインと合流出来たリリィにとって、ここからが本当の冒険。レインと一緒に森を歩くのを想像して……………レインが怪我をしているんじゃないかと思い出す。合流してからまだ、レインが立っている姿を見ていなかった。

「れいん……………たてる？」

リリィが小さな手のひらをレインに差し出す。

レインは差し出された手を少しの間眺め……………手を伸ばし、自分にはそんな資格なんてないとやっぱり引っ込めて――――

「…………あ、あれ…………私、どうしちゃったんだろ…………」

――――気付けば、涙が溢れていた。

「わっ、えっとえと、どっかいたいの!?」

リリィは慌ててレインの傍にしゃがみ込むと、当てずっぽうで肩をさする。その優しさに、更に涙が溢れてくる。

「あはは、おかしいな…………なんで泣いてるのよ、わたし…………」

「うう～…………しないで～、れいんー…………」

そんなレインの様子を見て、リリィは肩をさする手を強める。レインが羽織っているエンジェルベアの毛皮で出来たローブはふかふかで、リリィの手は滑らかな触感に包まれた。

リリィが触れている肩の辺りから、心地よくて少しむず痒い、太陽のような温かさが全身に伝う。

それはレインがずっと見ないふりをして、心の奥深くにしまっていた感情を溶かしていく。

(…………そういうこと、だったのね)

一人で気を張って生きてきたレインは、今まで誰にも手を差し伸べられたことがなかった。リリィの優しさに触れ、レインはやっと自分の本当の気持ちが分かった気がした。

私はずっと――――この手が欲しかったんだ。

「…………ありがとう、リリィ」

いつの間にか、涙は収まっていた。

「もう一度、手を貸してもらえるかしら?」

今度は、レインから手を伸ばす。
不安で僅かに震えるその手を、リリィはしっかりと握りしめた。

エピローグ――ヴァイス、父親として

My daughter was an unsold slave elf.

「ぱぱー！　きいてきいてあのね――」

テストから帰ってきたリリィはバタバタと俺の元に走ってくると、リュックも降ろさずに今日何があったかを話し始めた。身振り手振りと共に嬉しそうに語るリリィはとても可愛くて、ついそのまま聞いてしまいそうになるがぐっと堪える。

「待て待てリリィ、帰ってきた時の挨拶は？」

「ただいま！　それでね、れいんがね――」

リリィは話したくて話したくて仕方がない、とばかりに会話を再開する。俺は話を聞きながらリュックを降ろしてやり、帽子とローブを脱がせ――スカートの裾が土でべったりと汚れていることに気が付く。

「おいおいリリィ。どうしたんだ、これ？」

「ぼーけんのあかしだよ！　きょうはすっごいたくさんあるいたんだよ！」

そう言って、リリィは誇らしそうに胸を張った。娘が元気でとっても嬉しいが、それはそれとして汚れは速やかに落とさなければならない。この服はリリィのお気に入りだから、汚れが残ったら悲しむだろうしな。

「そうか、頑張ったんだなリリィ。じゃあとりあえず服着替えような」

「うん！　それでね、おっきなぽよぽよがね――――」

「…………うんうん…………それは凄いな。…………リリィ、ちょっとばんざいして。はいおっけー」

リリィが全然自分から脱いでくれないので、話を聞きながら服を着替えさせる。この汚れは……洗ったら落ちそうだな。とりあえず一安心だ。

ところで…………今リリィがとんでもないことを言っていた気がするのは俺の聞き間違いだろうか。おっきなぽよぽよとか言ってなかったか…………？

「待てリリィ、おっきなぽよぽよって言ったか？」

「うん！　もうすっごいおっきなぽよぽよがいたんだよ！　えっとね…………こ――――れぐらい！」

リリィは両手を広げ、ソファの上から思いっきりジャンプして大きさを表現する。結果的にあんまり高さは稼げていなかったものの、手を広げた時の目線から察するにとんでもない大きさだったことが分かった。

人間よりも遥かに大きいスライムとなると…………スライムキングだろうか。あそこの森にいるという話は聞いたことがないが。

「それで、そのおっきなぽよぽよはどうしたんだ？」

「りりーのまほーでたおした！」

「倒したのか!?」

スライムキングは攻撃力は低いものの防御力が高く、身体の大半を失っても再生する能力を持っている。倒すには高火力の魔法で全身を一気に吹き飛ばす必要があり、上級生でも一人で討伐するのは至難のB級魔物だぞ？

「うん！　…………でもね、もりがたくさんやけちゃったの…………せんせーは『きにしなくていい』っていってたけど…………」

「…………マジか」

まさかの言葉に俺は凍りつく。

スライムキングを倒せるほどの威力の魔法だと、かなりの範囲が焼けていることが想像出来た。あとで見に行った方がいいだろうか…………。

…………つーか「気にしなくていい」はおかしいだろ。先生、自分も森を吹き飛ばしたことがあるからって寛容すぎるぞ。自然を何だと思ってるんだ。

「…………ほんとはね、りりーいやだったの。でもぱぱとはなしたことおもいだして、たたかったんだよ」

「俺と話したこと？」

「たすけるときだけ、たたかっていいって」

「――――ああ」

それは、一週間ほど前にリリィに語ったことだった。スライムと戦いたくないと言うリリィに対し、俺は一つの考え方を示したのだった。

「それで――――ちゃんと助けられたか？」

「うん！　えっとね、りりーはじめてのおともだちができた！　れいんとおともだちになったんだよ！」

「そうか！　それは良かったな！」

「わ、わぷっ！」

俺は思わずリリィを抱き締めていた。

「ぱぱ～くるしい～～」

「あはは、すまんすまん。でも本当に良くやったぞリリィ」

リリィに友達が出来たことが、自分のこと以上に嬉しかった。帝都に来た目的の一つが、まさにリリィに同年代の友達を作ってやりたいということだったからだ。あのままゼニスに住んでいたら、今のリリィの笑顔は絶対になかっただろう。

「れいんとね、ぼーけんしながらいっぱいおしゃべりしたよ！　りりーがおっきなぽよぽよたおしたからてすともいちいになってね、れいんがほめてくれたんだよ」

腕の中で、リリィが興奮した様子で身体を揺らす。俺は居ても立ってもいられなくなり、リリィを抱っこして部屋の中を駆け回った。

今日ばかりは親バカと言われても仕方ないだろう。

◆

「結論から言うと…………何も問題はない。お咎《とが》めなしだ」

魔法省の制服に身を包んだジークリンデが、そう言って紅茶に口をつけた。平日の昼だというのに、どうやら長居するつもりらしい。

「そうか…………良かった」

「まあ、仮に責任問題になったとしてもリリィは心配なかっただろう。話を聞く限り人助けのようだし、そもそもそういう状況にしてしまったエスメラルダ先生に全ての非はある」

「…………先生も流石にあの森にスライムキングがいるとは思ってなかったんだろうな」

あの森は魔法学校の訓練用地として長年利用されてきたが、スライムキングがいたという報告はこれまで一度もなかった。俺もリリィから聞いて驚いたほどだ。

「それについても、現在魔法省が調査を進めている所だ。当面の間、あの森は授業には使えないだろう」

「やはりそうなるか」

またスライムキングが現れないとも限らないからな。安全が確保出来るまで子供は立ち入らない方がいい。

「…………正直、遭遇したのがリリィで幸運だったとも言える。他の生徒ならこうはなっていなかったはずだ」

「それは…………そうだろうな。間違っても子供が勝てる相手じゃない」

「ああ。魔法学校を運営する魔法省としても、今回のリリィの行動には感謝状を贈りたいくらいでな。ヴァイス、沢山リリィのことを褒めてやってくれ」

まるで他人事のようにジークリンデは言う。俺は言い返した。

「自分で言ったらどうだ？　お前はもうリリィの母親なんだぞ」

俺の言葉に、ジークリンデは難しい顔をした。

「…………私に褒められても、リリィは嬉しくないだろう。正直、懐かれている自信は全くない」

「そんなこと言ってたら、いつまで経っても懐かれないぞ？　俺だって最初は苦労したんだ。多分そろそろ帰ってくるから、試しに褒めてやってくれよ」

「むう…………そういうものか。ならやってみるが…………フォローは頼んだぞ？」

「任せとけ」

褒めるのにフォローも何もないと思うが俺は頷いた。夫として、妻が困っている時は助けるべきだろうからな。ジークリンデに母親としての自覚が足りていないように、俺も夫として成長しなければならない。


「ただいまー！」

リビングに響き渡るリリィの元気な声。いつもならこのまま俺の元に突撃してきて、学校であったことを話してくれるんだが…………今日は様子が違った。

「お、おじゃまします…………」

聞き覚えのない声に、思わず玄関の方を振り向く。そこにはリリィに手を引かれ、おずおずとリビングに足を踏み入れようとするレイン・フローレンシアの姿があった。

まさかすぎる来客に、気付けば俺はソファから立ち上がっていた。

リリィが……リリィが、友達を家に連れてきただと…………!?

「ぱぱー！　れいんとうちであそんでいい!?」

「えっ、リリィあなた、お家《うち》の人に言ってなかったの!?」

「いおーとおもってたけど、わすれちゃった」

「ダメじゃないそれじゃ…………！」

レインはリリィに手を繋がれたまま、あたふたと慌てだした。ちらちらと俺に目を向け、申し訳なさそうにリリィの後ろに隠れてしまう。

「…………」

夢にまで見たシチュエーションに、全身の筋肉が強張《こわば》る。

落ち着け、俺。

絶対に取り乱すなよ。

怖がらせてしまったり、「リリィのパパ、なんか変ね」と思われてはダメだ。

レインはリリィの初めての友達なんだ──俺が足を引っ張るようなことは絶対にあってはな

らない。

俺は久しぶりに顔の筋肉を総動員し、にっこりと微笑んだ。

「おかえり、リリィ。それと…………いらっしゃい、レインちゃん。どうぞ寛いでいってくれ」

「やったー！　れいん、いこ！　あのね、がっこーでゆったくまたんがね」

「り、リリィ！　ちょっと落ちついて！　あ、おじゃまします…………！」

どうやら俺の笑顔は成功していたようで、リリィはレインの手を引いて自分の部屋へ駆け出していく。レインは俺に頭を下げると、どこか嬉しそうにその後を付いていく。

二人がドアの向こうに消え…………楽しそうな二人の声がリビングまで響いてきた。くまたんはリリィの部屋で寝ていたはずだから、きっとくまたんと遊んでいるんだろう。「かわいい…………！」というレインの声が漏れ聞こえていた。

「…………ついに、リリィが友達を家に連れてきたか」

俺はソファに座り直し、幸せそうな二人の声に耳を澄ませる。

その騒がしい話し声を聞いていると、これまで聴いたどんな歌より、どんな曲より、俺の心は安らぐのだった。


…………それはそれとして。

「ジークリンデ、何を隠れてるんだ」

ジークリンデはリリィが帰ってくるや否や、咄嗟にソファの陰に身を隠していた。どこの家に子供から隠れる親がいるんだよ。

「す、すまん…………友達を連れてくると思わず、つい身体が…………」

ジークリンデは不甲斐《ふがい》なさそうに身を起こし、ソファに座り直した。情けなかったのは自覚しているのか小さく縮こまっている。

「あのな、もしそんな所をリリィの友達に見られてみろ。『リリィのママ、なんか変ね』と言われて恥をかくのはリリィなんだぞ？」

パパが変な奴な分、ママには頑張って欲しい所なんだがな。幸いジークリンデは魔法省長官補佐という立場もあるし、態度もしっかりしている。普通にしていれば問題ないはずだ。

「わ、分かっている…………今のは少し不意を突かれただけだ。次は上手くやるさ」

「頼むぞ」

リリィが楽しく学校生活を送れるかは、俺達にかかっていると言っても過言ではないからな。

「…………ふう」

ジークリンデは気を取り直すように紅茶に口をつける。その見るからに豪華なティーセットは――――うちの物ではなく、ジークリンデの私物だった。気が付けば、我が家にはジークリンデの私物がどんどん増えてきている。

「…………なあ」

思いつくままに、ジークリンデに声を掛ける。

「何だ？」

「俺達…………一緒に住まないか？」

「ぶッ――――ゴホッゴホッ…………！　い、いきなり何を言い出すんだ!?」

ジークリンデは思い切り紅茶を吹き出し目を剝いた。そこまで驚くような提案をしたつもりはないんだが。

「だってよ、お前、毎日来てるじゃねえか。私物も沢山持ち込んでるし。それなら一緒に暮らした方が早いんじゃないかと思ってな」

その方がリリィだって懐くはずだ。

「それに、夫婦ってのは一緒に住むもんだろ。夫婦特有の空気ってのは、そういう毎日の積み重ねで醸し出されていくものなんじゃないか？」

その辺りは俺も推測でしかないが、少なくとも今のままよりはいいはずだ。悪くない提案だと思ったんだが…………意外にもジークリンデの反応はあまり良くなかった。頭を抱え、ぶつぶつと小声で唸《うな》っている。

「そりゃあ私だってそうしたいが…………いかんせん心の準備というやつがだな…………」

小声すぎて、何を言っているのか全然分からない。一体何が引っ掛かっているというのか。

「勿論、俺と一緒のベッドで寝ろと言ってる訳じゃないぞ？　安心してくれ、部屋なら余ってる」

「それは寧ろ一緒でいいというか…………いや、何を考えているんだ私は…………」

ジークリンデの呟きは止まらない。俺が手をこまねいていると――――救世主が現れた。部屋からリリィがやってきた。

「ぱぱー、れいんとおやつたべたい！　あ、じーくりんでおねーちゃん！」

リリィはジークリンデに気が付くと、小走りでこちらに駆けてくる。ジークリンデの前までやってくると、ペコリと頭を下げた。

「じーくりんでおねーちゃん、こんにちは！」

「あ、ああ。こんにちはリリィちゃん」

相変わらずのぎこちないやり取りに…………俺は先の提案の重要性を再確認した。やはり、このままではダメだ。

「なあリリィ。もし、ジークリンデがうちで一緒に住むことになったら…………嬉しいか？」

「いっしょに!?」

リリィは驚いた表情を浮かべ、ジークリンデの顔をじーっと見つめる。ジークリンデは見つめ返すことも、逆に目を逸らすことも出来ず、顔を強張らせて固まっていた。ほら、笑顔だ笑顔。

「んーとね…………」

リリィはジークリンデから目を逸らし、俺の方にやってくる。果たしてリリィの意見は――

「…………りりーは、じーくりんでおねーちゃんいたほーがうれしい！　もっとじーくりんでおねーちゃんとおはなししたい！」

――笑顔でそう答えるリリィに、俺はホッと胸を撫でおろす。

「そうか。ありがとなリリィ」

「うん！　それでねぱぱ、れいんとおやつたべたい！」

「おう、好きなの持ってってていいぞ」

「わーい！」

リリィは嬉しそうにおやつ置き場に駆け出していく。俺はジークリンデに声を掛けた。

「………だとよ？」

ジークリンデに視線を向けると、ジークリンデはリリィの背中を眺めながら微笑んでいた。この前のガチガチに作った不自然な笑顔とは違う、柔らかな笑顔。

「そうだな、考えておく………私達は夫婦だものな」

俺はつい、その笑顔に見惚《みと》れてしまっていた。

あとがき

好きなものはウイスキーとタラバガニ、遥透子《はるかとうこ》でございます。

あとがきを四ページも頂いたので、好き勝手に喋《しゃべ》っていこうと思います。と言っても、近況については毎日X（旧ツイッター）で騒がしくしておりますので、まずは二巻について。


二巻のプロットは実は本作の書籍化が決まってすぐのタイミングで作っていました。私はしっかりと先の物語までガチガチに考えるのが苦手で、詳細については全く決まっていなかったのですが、珍しくワンシーンだけははっきりと頭の中にありました。それはリリィとレインがスライムキングを倒すシーンです。二人の子供が勇気を振り絞って大きな魔物を倒し、それがきっかけで仲良くなるというのは、とてもいいシーンだなと思っていました。なので、二巻の執筆作業は「どうやってこのシーンに繋《つな》げるか」ということを指に任せて執筆する感じでした。あとは、ヴァイスとジークリンデを良《い》い感じにいちゃいちゃさせたいなと思っていましたが、事前に考えていたのはそれくらいでした。

果たしてそれがしっかりと表現出来ているかは、読者の皆様がどう感じて頂けたかなので私には分かりませんが、こうしてあとがきを書きながら思うのは「徹夜の移動中なのにちゃんと書けたなあ」ということです。

実はこの二巻は当初の締め切りに間に合わず、その節は大変ご迷惑をお掛けしてしまったのですが、まさにその締め切り真《ま》っ只中《ただなか》の六月中旬、私はどうしても外せない用事が入っていました。それも、夜中から移動しなければならないタイプの用事でした。

原稿を書かなきゃヤバい。

でも用事はキャンセル出来ない。

その分かりやすい修羅場を打開すべく私が編み出した秘策は「友人に運転して貰《もら》って助手席で執筆しよう！」でした。片道五時間かかるのが逆に都合良かったんですね。そして、その時丁度執筆していたのがまさに「リリィとレインがスライムキングを倒すシーン」でした。半分寝落ちしながら助手席で書いていたあの日の記憶は、未《いま》だに脳にこびりついています。

そんな感じで二巻は生まれました。色々と反省の多い執筆期間でしたが、成長の多い期間でもありました。もう、二度と締め切りは破りません。絶対破らないんだから。

二巻についての話はこんな所で、なんとまだ余白が二ページもありますね。大変はっぴーです。

なので、ここからは私が二巻を執筆するにあたりとても助けられた二つのアイテムを紹介しようと思います。テレワークだったり、ベッドの上でスマホやタブレットを使う方は本当に毎日が光り輝くこと請け合いの至高のアイテムです。

それは何かというと――ズバリ『ヨギボーサポート』と『トレイボー』です。『トレイボー』はヨギボーのオプションパーツです。

まず、ヨギボーってなんぞやという方もいると思うので軽く説明すると、ヨギボーというのはビーズソファを製造しているアメリカの企業であり、その商品名です。イオンモールやららぽーと等《など》のショッピングモールに足を運ぶと、たまにカラフルなビーズソファが展示されたおしゃれ空間に出くわすことがあると思います。それがヨギボーストアです。因《ちな》みに田舎者なので見た事ないです。

そんなヨギボーには様々な種類があるのですが、私が購入した『ヨギボーサポート』はU字型のビーズソファで、主な用途はベッドの上で背もたれにしたり抱き枕にしたりになると思います。ヘッドレストとしても使えますね。何なら書きながらやってました。

とりあえずこれを設置するだけで、ベッドの上での生活がかなり快適になります。なるのですが……まだ楽園とは言えません。飲食をするには安定感がないし、タブレットは手に持っていなきゃだし、ノートパソコンを使うと乗っけている場所が熱くなって汗をかいてしまいます。それらの悩み全てを解決する魔法のアイテム……そんなものが果たしてこの世に存在するのか。

存在します。『トレイボー』です。

『トレイボー』は、一言でいうとビーズクッションが付いた小さな机です。座った状態で膝の上に乗せたり、寝そべりながら胸やお腹《なか》の上に乗せて使います。この下にビーズクッションが付いているというのがミソで、つまり体勢に合わせて形を変えてくれるのでとても安定感があり、圧迫感もありません。寝そべりながら食事をすることも出来るし、タブレットやスマホをホールドする溝やノートパソコン用の滑り止めが付いているので様々な角度で作業することが出来ます。はっきり言って、もう一生ベッドの上から動きたくないです。『ヨギボーサポート』と『トレイボー』の組み合わせは、人類には早すぎました。

気になった方は、是非試してみて下さい。田舎者の私が所持しているように通販でも購入出来ます。

そろそろ締めに向かいます。

まずは、担当編集の本山らのさん。いつもお世話になっております。先日は美味《おい》しいお酒を紹介して下さりありがとうございました。電撃文庫編集兼ＶＴｕｂｅｒとしての活動、楽しみにしております。（読者の皆様も、是非チェックしてみて下さい！）

そして、イラストを担当して下さっている松うに先生。いつも素敵なイラストに癒《いや》されております。二巻のイラストが見られるのを、毎日楽しみにしています。

最後に、読者の皆様。手に取って頂き本当にありがとうございます。楽しんで頂けたなら幸いです。本作はコミカライズも控えておりますので、そちらも楽しみにして頂けたらとってもはっぴーです。

三巻でまたお会い出来るのを祈りつつ、お腹が空いたので夜食を買いにコンビニに行ってきます。深夜三時に食べるコンビニ弁当が一番美味しいですからね。では。

遥　透子

電撃の新文芸

売《う》れ残《のこ》りの奴隷《どれい》エルフを拾《ひろ》ったので、娘《むすめ》にすることにした2

著者／遥《はるか》 透子《とうこ》
イラスト／松《まつ》うに

2023年9月17日　初版発行

発行者／山下直久
発行／株式会社ＫＡＤＯＫＡＷＡ
〒102-8177　東京都千代田区富士見2-13-3
0570-002-301（ナビダイヤル）
印刷／図書印刷株式会社
製本／図書印刷株式会社

【初出】

本書は、カクヨムに掲載された『絶滅したはずの希少種エルフが奴隷として売られていたので、娘にすることにした。』を加筆、訂正したものです。

ISBN978-4-04-915062-9　C0093　Printed in Japan

ファンレターあて先
〒102-8177
東京都千代田区富士見2-13-3
電撃の新文芸編集部
「遥 透子先生」係
「松うに先生」係